2019. 07. 31 ~ 2021. 06. 12

괜찮다 2

탁승관 시집

상상미디어

차례

Part **1**

그런
눈빛이
그리워집니다

2019. 07. 31 ~ 2019. 10. 22

Part **2**

그리도
쓸쓸하거나
서운해 하지
않으렵니다

2019. 10. 23 ~ 2020. 04. 19

Part **3**

모두가 다
그렇게 또
지나갈 것입니다

2020. 05. 01 ~ 2020. 12. 28

Part **4**

그저
아름다운 사랑이고
싶습니다

2021. 01. 01 ~ 2021. 06. 12

시집을 펴내며

강원도 인제 산골에서 나고 자란 내게 자연은 친구이자 선생님이
었습니다.
봄 여름 가을 겨울 시시각각 다른 모습 다른 향기로 다가와 내게
속삭이고 나무와 풀과 꽃들을 보여주고 바람과 새소리, 계곡물소
리를 들려주었습니다.

넉넉지 않은 가정형편에 책을 사 볼 수도 없던 내게 문학청년의
꿈을 꾸게 하고 시심을 갖게 했으며 시를 쓰도록 가르쳤습니다.
시골을 떠나온 지 오래되었지만 눈을 감으면 그 모습 눈에 선하고
그 소리 들려오는 듯합니다.

교과서 외에는 시를 읽어본 적 없는 내가 시집이란 책을 처음 읽
은 건 12사단 군 복무 때였습니다. 혼자 있기를 좋아하다보니 부
대 내에 비치된 책들을 자연스럽게 읽게 되었고 나도 언젠가는 시
를 쓰리라 마음먹기도 했습니다.

하지만 사회생활을 시작하고 한 가정의 가장이 되다보니 일상에
쫓기는 빠듯한 삶 속에서 시는 차츰 잊혀져갔고 그렇게 정신없이
살아왔습니다.

그러던 2015년 어느 날, 나이 쉰 살을 훌쩍 넘긴 나를 발견하게
되었습니다.
퇴직 후를 염려하고 앞으로 어떻게 살아야할까 고민하며 생각도
많아지고 세상을 보는 눈도 달라진 제게 그동안 잊고 있었던 고향

의 자연과 시가 불쑥 제 눈앞에 어른거리기 시작했습니다.

나이 들어감이 서글프기도 하고 때론 우울하기도 하지만 일희일
비하지 않는 마음의 여유와 그동안 녹록지 않은 세상과 사람에 부
딪혀가며 터득한 삶의 자세, 그리고 자연과 더불어 세상을 관조할
줄 아는 눈과 마음이 길러졌으니 이 또한 인생의 작은 수확이라면
수확이겠지요.

이 시집은 자연에 대한 교감과 자연에 대한 찬사 그리고 그 속에
서 위로받고 힘을 얻은 제 자신의 독백입니다.
2015년 11월부터 21년 6월까지 산책길 출근길 또는 잠시 한가한
틈을 내 휴대전화에 기록했던 시들을 엮은 것입니다.

이 시들을 통해 가족, 친지, 친구와 선후배들이 잠시나마 자연 속
에서 마음의 평화와 안식을 느꼈으면 하는 바람입니다. 그리고 늘
나에게 살아갈 힘과 기쁨을 주는 나의 아내와 두 딸들에게 고마움
담아 이책을 전합니다.

서툴고 부족하지만 나의 첫 시집을 그대들에게 바칩니다.

2021년 여름
탁승관

Part 1

그런
눈빛이
그리워집니다

2019. 07. 31 ~ 2019. 10. 22

그곳에 가리라

2019. 07. 31

희망이
그곳에 있다면
나는 그곳에 가리라

행복도
그곳에 있다면
나 또한 그곳에 가리라

사랑은
당신이 숨쉬는 곳
그곳에 머무르기에 나는 가리라

성공은
노력이 있으면
목적이 이루어지고

도전은
꿈과 희망으로

새로운 목표가 될 터이니

그곳에는
희망이 가득한
행복한 사랑이 시작 되리니

이제
그곳으로
힘차게 달려가 보려네

사랑스런
당신이 숨쉬는 그곳

봉선사

2019. 08. 03

봉, 봉긋하게
이쁜 사랑을 담은
연꽃이 활짝 피어오릅니다

선, 선한 모습이
꽃잎 속에 숨겨진
꽃술을 감싸 안으며
보여주기 부끄러워
빠알갛게 물드는 아가씨의 얼굴이어라

사, 사찰 봉선사 산책길 옆에는
무더운 여름날의 열기가 연못 속에 스며듭니다

더움이 아직
가시지 않는 시간
아름다운 너의 모습을
바라보는 나그네의 마음을 훔칩니다

산사의 아침

2019. 08. 10

오늘도 불심은
산사에 들어와 앉습니다

편안한 마음
머무를 곳 찾으려
더운 여름날 땀 흘리며
먼길을 돌아돌아 이곳에 왔나 봅니다

아침이슬이
숲 속 작은 오솔길에서
밤새 뜬눈으로 지새우다
새벽 예불기도를 드리기 위해
걸어가는 스님의 옷깃을 적십니다

산사 계곡 사이로
아침 안개가 스며들고
오솔길에는 오롯이 남겨진
스님의 발자취가 남아 있습니다

아늑함이 깃든 곳
아침 이슬을 스치며 들어와
예불 드리는 스님의 목탁소리에
오늘도 산사에는 불심이 피어오릅니다

아침 햇살이
따스하게 스며드는
산사 카페에 고요함이 흐릅니다

창밖 풍경이
아늑함으로 밀려오고
느티나무 잎새를 흔들며
시원하게 불어오는 바람소리와
산새 소리가 고즈넉한 산사에 울려 퍼집니다

숲 속의 여름 향연

2019. 08. 18

오솔길 나뭇가지 사이로
바람을 등지고 올라앉아
숲 속 깊은 곳으로 물 먹은 안개들이
숲길을 비집고 들어와 머뭅니다

어제 내린
빗물이 아직도 고여 있는
숲속 덩굴숲 아래 작은 웅덩이에는
청개구리들이 신나게 물놀이를 즐기는 시간

무성한 그늘 아래
숲 속의 잡초들은 햇살을 그리워합니다

안개가 걷히자
우거진 숲 속으로 맑은 햇살은
나무 잎새 사이로 들어옵니다

햇살이 실바람을 타고 들어올 때마다

숲 속은 조명이 비추어지는 야외 노래방이 됩니다
산새들이 지저귀고
산야에는 아름다운 하모니가 울려 퍼집니다

햇살을 그리워하던 잡초들이
시원한 바람과 함께
산새 소리에 맞추어 춤을 춥니다

시간은 지나가고
무덥던 여름도 또 지나갑니다
나그네는 숲속 그늘에 누워
하늘을 바라다봅니다

나뭇가지 잎새 사이로
일렁이는 햇살이 들어오고
뭉게구름을 먹은 파아란 가을 하늘이 지나갑니다

가을이 오네

2019. 08. 22

하늘이 눈물 나게 푸르러
깊이 빠져들고 싶은

가을이 밤 늦은 시간에 다가와
아침이슬 머금고 사라집니다

나의 눈가가
아침이슬 만큼이나
촉촉하게 드리워질 때

나의 코끝으로
전해지는 가을 내음이
산책길 사이로 스며들어

가을의 향기가
파아란 하늘 아래
지평선 끝에서부터 다가오고
마음속에

기다리는 가을 모습이
밝은 환한 미소로 들어와

풍성하게 물든
솜털같이 포근함으로
달콤한 사랑이 되어 스며듭니다

한낮에 창문을 열면
들려오던 매미소리는 사라지고
이젠 밤새도록 귀뚜라미 소리가 들려옵니다

가을이
다가오네요

벌초 가는 길

조상님 산소 벌초 가는 길
어릴 때는 마을을 지나 산길로
한나절이나 걸어야 했던 곳
아버지와 형이랑
도시락까지 준비하여
하루 종일 다녀온 기억이 난다

산세가 힘한 울창한 숲길이다 보니
높은 산, 계곡을 돌아
굽이굽이 숲 속 오솔길을 걸어서
할아버지 산소에 벌초를 다녀오곤 했다

지금은 비포장 도로
예전엔 이삼십 분이나 덜컹거리며
힘하디 힘한 임도로
자동차로 숲 속을 헤치며 가느라
위험하지만 스릴이 넘쳤다

지나가는 작은 새끼 멧돼지가
자동차를 바라보다가 놀라
산길을 가로질러 숲속으로 사라진다

가래나무와 산돌배나무에
열매들이 주렁주렁 매달려 있고
다래와 머루는
나무 줄기마다 튼실하게 매달려
아직은 파르스름하니 익어가는 중이고.
빠알갛게 익어가는 산오미자가
발그스르한 미소를 지으며 웃어준다

산소에 가는 길
자연의 풍성함을 보고 느끼니
이미 마음은 가을이 한가득이다

마음의 둥지

2019. 08. 29 _ 01

따뜻함이 감도는 마음속 한구석 언저리에
작은 둥지를 만들어
어느 누군가를 애틋하게 그리워할 때
가슴이 아파 괴로워하지 않으려면
작은 둥지에 애틋한 누군가의 작은 그리움이라도 담아야겠다

지나간 시간 소중하게 간직하고
묻어 두었던 그리움들을 둥지에 소복소복 쌓아 두고
어느 날 그리움이 밀려오면
애틋하게 그리움이 찾아와 가슴 아파하는 날이 오면
따뜻한 마음 한구석 언저리의
작은 둥지에 쌓아 놓은 그리움을 다시 열어 보리라

하늘길 가는 친구를 배웅하며

2019. 08. 29 _ 02

하늘길 가는 친구를 배웅하는데
갑자기 소나기가 내립니다

오늘은 친구가
하늘길 가는 날입니다

하늘길이 가기 싫어서
저리도 슬피 우나 봅니다

저 먼 하늘로
떠나가다 가다 말고
헤어짐의 서러운 눈물을 흘립니다

가던 길 멈추지 말고
가던 길 가시게
언젠가는 친구가 떠난 하늘길을
나 또한 그 길로 따라갈 날 있을 터이니

하늘에는 아직 친구들이 없어
외롭다 하더라도 조금만 참으시게

내 마무리하고 부지런히 따라갈 터이니
그때 가서 못다한 이야기 함세

창가 유리창에 뿌려지는 너의 눈물을
기억하고 기억하도록 하겠네

잘 가시게

익어가는 가을

2019. 08. 31

파아란 하늘엔 양떼구름이
한가로운 흐름에 걸터앉아
가을 바람에 온몸을 태운다

마음을 비우며 그대로 머무를지
어디로 흘러서 가야할 지

하늘만이
하늘의 구름만이
구름을 태운 바람만이

한가로운 가을 하늘에 흐르는 바람은
어디로 흘러 갈지 알 수 있음이야

따뜻한 햇살이 뭉게구름 사이로
비집고 새어 나와 가로수에 앉아

여름날 동안 힘들게 땀 흘려 일했던 기억들을

다시금 되새겨 보며 나뭇잎새 위에서
편안하고 조용한 햇살만에 휴식을 취하노라

나뭇잎새 위에서
햇살이 편안한 시간으로
하룻밤 아니 며칠밤을 보내고 나면
떠난 자리에 나뭇잎새는 붉게 물들어가겠지

이제 가을이 익어간다

장맛비 연가

2019. 09. 06

지나간 여름
그 더운 열기 먹은 도시가
내리는 가을비에 흠뻑 젖어들고

회색빛 하늘
흘러가는 바람에 몸을 맡긴
비구름이 넘실대며 지나간다

늦은 장마가
초가을 문턱에서
추수를 앞에 둔 농부 마음 태우고

어제부터 내린
장마비로 실개천 산책로는
흙탕물속으로 사라져 버리는데

둑방길 숲들이
물속에 잠기면 그 속에서 놀던

귀뚜라미와 둥지의 새알은 괜찮을까?

갑자기 불어난
실개천 강물 위 버드나무
거센 물살에 힘겨워 보이는데

내일 다시 찾아오면
산책로 숲길을 다시 볼 수 있을지

이 시간이 지나고
또다른 계절이 다시 다가오면
나그네 인생도 황혼을 향해 흐르리라

태풍 예보

2019. 09. 07 _ 01

자연이 주는 예측불허
어떠한 모습으로 보여줄지
예전에 보여준 태풍 매미의 엄청난 파괴력
그 기억이 아직 잊혀지지 않습니다
참혹한 그 기억을
다시 재현하고 싶지 않아
불안한 마음으로 바라보는 태풍 링링

어느 누군가는
아무런 준비도 없이
어느 누군가는
아무런 이유도 없이
어느 누군가는
아무런 잘못도 없이
희생과 아픔을 받지 않기를 기도해본다

혼란시대

2019. 09. 07 _ 02

우리나라 조국
조국은 어디로 가는지

내 나라 내 조국이
조국때문에 혼돈의 시간이다

조국을 지키려
조국과 조국을 위해
최고 통치자가 나서나 보다

임명권자인 최고 통치자가
부름에 조국이 나섰기에

국회에선 조국을 위하여
청문회로 정국이 어지럽다

우리 국회는
우리 조국으로 주도권 정쟁이다

13호 태풍 링링이 우리 조국을 휩쓸고
희생자와 재해가 발생되었는데

내일 이후 비바람이 사라지면
조국을 위해 조국을 임명할까?

태풍 링링으로 쓰러지고 부서져버린
조국강토 피해복구에
국민은 정신이 없는데

최고책임자는
조국을 지키려 조국만을 위하여
오늘도 내일도 고군분투 하시려나

조국보다
국민의 마음을
헤아려주면 좋겠다 싶다

조국도
국민이 살아야
국민이 있어야 조국이지!

심연

2019. 09. 08

누군가를
좋아한다는 것
사랑한다고 하는 것
그리워한다고 하는 것은

내 눈에
보이질 않아
알아볼 수도 없고
느낄 수도 없어

내 옆에
누군가 없기에
어루만져줄 수도 없고
결코 채워줄 수도 없어서

그냥 바라본다는 것

고독은 시간의 흐름에 맡기고

누군가를 회상한다는 것을 아는지

지나간 것은 지나가는 대로
더이상 미련이 없기를

그러나 나에게는
좋아하고 사랑하고 그리워하는 소중한 사람이
지금 내 마음속에 자리잡고 있다는 것을
그대는 아는지

갈망

2019. 09. 11

그리움을
가득이 담은 것은
내 눈 속으로 들어온 사랑

가득이 담은
그리움이 그리울 땐
내 눈 속에 스며든 그리움을 꺼냅니다

지나간 그리움의 기억들을
하나둘씩 꺼내어 보며
아름다운 회상으로 젖고 젖어

아름다운 기억들 속에 가득 찬
맑은 눈 속에 들어와 머물던 사랑
그런 사랑을 가진 사람이
오늘 그립습니다

맑은 눈은 호수 속에 담긴

투영되는 그리움들을 담고 또 담아
가득 담긴 호수처럼
그리움으로 가득 넘쳐 흐릅니다

호수같이 맑고 깨끗한
그런 눈빛이 그리워집니다

맑은 호수 속에
투영되는 하늘 구름 나무
낮에는 햇빛 밤엔 달빛 그리고 바람의 느낌

그런 느낌을
바라보는 눈 속
맑디맑은 눈동자 속에서
아침이슬 같은 눈물이 흐릅니다

보고 싶고
또 보고 싶은 그리움
맑은 눈가에 그리움이 흐릅니다

추석날

2019. 09. 13

빛의 여운이
아침 동녘의 여명을 깨우며
어둠을 뒤로 하고 하루가 시작됩니다

하늘을 열며
방긋이 스미는 햇살
구름과 구름들과의 숨바꼭질에

추석날 아침은
이슬 가득 먹은
물안개 사이로 다가오고

밤새 숲 속에서
깊은 잠을 깬 풀벌레는
풀잎 사이로 노래를 부릅니다

서늘한 가을이
아침공기를 가르며

이슬 내린 산책길로 달려와

구름속에서
하늘을 열며 비친 햇살에
가로수 가지 사이로 가을이 열립니다

다가온 가을로
하루가 시작되고
시간이 흐르면서 풍성해집니다

풍성한 가을
다시 다가온 가을은
환하게 비추어질 보름달을 기다리며

보름달처럼
추석날은 가을을 먹으며
풍성하게 익어가는 시간입니다

숲길에서

2019. 09. 15

푸르른 날
이슬 먹은 수풀 속
나무와 나무 사이에는

풀잎에 내린
가을 아침안개
잠시 쉬었다가 떠난 자리

방울 진 이슬이
해님을 기다리다가
바람 따라 흘러서 들꽃에 앉아

촉촉한 풀잎
이슬 내린 초원에
풀 내음 향기를 맡아보는 시간

흘러가는 강물
가을 철새 지나다가

숲 속으로 하나 둘 들어와 앉는다

숲 속을 구경하려
피어오르던 물안개
철새 웃음소리에 춤추고

숲 속 그곳에는
이름 모르는 들꽃
이름 모르는 풀벌레 소리

아침이슬에
흠뻑 젖은 풀잎들로
숲 내음을 가득 품은 그곳

숲길에서

가을꽃

2019. 09. 22

빠알간 꽃잎 하이얀 꽃술에는
가을냄새 들어와 앉아
꽃과 꽃 속에 이슬 먹은 가을
가을향기 소리 없이 흐른다
파아란 하늘 하이얀 새털구름은
가을바람에 휴식을 취하고
가을 꽃향기보다도 꽃잎에 스며든 빛깔
강렬하고 진하게 도도한 자태를 뽐낸다
꽃잎이 지기 전에 아름다움의 마지막 몸부림
이름 모르는 들꽃 하늘거리는 코스모스가
가을바람에 가을 향기를 전해 준다

시골의 밤

2019. 09. 25

하루해가 지나
저녁이 물러가면
노을이 빗겨간 밤하늘

시골의 밤은
서산으로 해 지면
고요함으로 가득합니다

먼 산 끝자락
하늘이 걸터앉아
수많은 별들을 품고

어두운 밤하늘
쏟아지는
별들의 빛이
시골 밤길을 밝힙니다

고요함이 흐르는

조용한 시골마을에
부엉이가 울며 잠드는 시간

여울져 흐르는
시냇물 움직임은
적막한 시골의 밤을 울립니다

밤의 아늑함이
잠으로 깊이 빠져들어도
밤하늘의 별빛 잠들지 못해
시골의 밤은 오늘도 날을 새웁니다

시골의 밤은
아리한 아쉬움으로 남아
아름다운 밤하늘에 별빛이 됩니다

동행

2019. 09. 27

나그네가
낙엽이 붉게 물든
가로수 보도 위를 걸어갑니다

보도 위 가로수
지나가는 바람으로
하나둘 떨어지는 낙엽

바닥으로 떨어진
가로수 빛바랜 잎새
가을 바람에 떠밀리고 흘러

하나 발자국
또 하나의 발자국
걸어가는 발자국 소리

구르는 잎새는
발자국 소리에 묻혀

바람이 부는 곳으로 밀려가고

나그네 걷는 길
낙엽이 굴러가는 길
바람이 불어 흘러가는 길

같은 곳
같은 방향으로 걷고 싶어

나그네 발걸음과
가로수 보도 위 낙엽들도
불어오는 시원한 바람 기다립니다

나그네 가는 길
걸어가는 걸음 따라
낙엽이 떨어지는 보도 위를
가을바람과 함께 걸어가렵니다

선재길

2019. 09. 29

선재길은
전나무 숲길로 이어진
월정사에서부터 시작되는 길

오대산 월정사에서
아름다운 계곡을 따라
상원사로 이어진 10킬로미터의 숲길

선재라는 이름
문수보살의 깨달음을 좇아
구도자의 길을 간 선재동자의 이름

선재동자는
불교경전인 화엄경에서
모범적인 구도자로 등장한 동자

예부터 스님들은
선재길을 걸으면 참된 나를 찾고

깨달음의 경지에 다가갈 수 있다는 수도의 길

1960년대 말
도로가 생기기 전부터
많은 스님과 불교 신도들이 다니고
화전을 일구던 이들의 애환이 담긴 길

선재길은
매년 가을이 되면
찾아가 걷고 싶은 길

계곡과 계곡사이
아름다운 숲속으로부터
모여든 깨끗한 계곡물이 흐르고

이 길을 걸으면
결과보다 과정을 통해
세상의 모든 것이 평안함으로

이 길을 걸으면
물소리와 새소리는
모든 이의 귀를 즐겁게 하며

빠알갛게 물든
단풍잎과 높은 가을 하늘도
모든 이들의 눈을 즐겁게 하고

깊어가는 가을
오대산 선재길을 걸으며
선재동자가 되어보는 것도 좋을 듯

단풍

2019. 10. 06 _ 01

어느 날 내 안에 들어와
가슴 애틋하게 만드는 너를

이제 너를 바라보다
내 안에 들어와 있는 너를
다시 꺼내어 펼쳐 너를 바라보다

바람이 불면
사라지지는 않을까
안타까움에 가슴을 안으며

비가 내리면
강물에 흘러가지는 않을까
안타까움에 마음을 다잡으며

오늘 이 시간
또 지나가는 하루가 너를
농염하게 익어가는 너를 바라보다

얼마일지는 모르지만
그리 길지 않을 시간이더라도
우리네 인생과도 같아 애틋하지만
내 눈 속에 아름답게 보여지는 너를 바라보다

가슴에 안으며
내 마음에 안으며

낙엽은 안다

2019. 10. 06 _ 02

낙엽이 외롭다 한다
쓸쓸해한다
그냥 무심히 밟고 지나간
사람들은 알지 못한다
잠시라도
떨어지는 낙엽을 눈여겨봐주고
떨어진 낙엽이라도 사랑을 주면
낙엽은 외롭다 하지 않고
쓸쓸해하지도 않을 거라는 것을
낙엽을 고이 주워서
책갈피라도 넣어 간직해준다면
낙엽은 안다
그대가 따뜻한 사람이라는 것을
가을날 낙엽도 행복을 느끼며 생을 마감한다는 것을

광릉 숲길을 걸으며

2019. 10. 09

아침 안개가
앉아 있다 지나간 자리
잎새에는 이슬이 맺히고

나뭇가지 사이로
불어오는 바람에
소리없이 떨어지는 물방울들이
옷깃으로 스며드는 가을이다

촉촉한 잎새는
파아란 맑은 하늘아래
쏟아지는 따뜻한 햇빛으로
빠알간 가을빛으로 물들어가고
단풍나무 가로수 잎새에는
가을 머금는 햇살에 농익어간다

숲길 가로수 뒤편
돌담 담벼락 사이 사이에는

피어난 들꽃이 웃으며 반기는구나

둘레길 숲길가
떨어진 낙엽들이
걸어가는 나그네에게
발걸음마다 소리 내어 속삭인다

아늑한 숲 속에
상쾌한 숲 향기가
가슴속으로 깊이 스며든다

가을의 향기

들녘의 들꽃이
기분 좋게 불어오는
가을바람에 춤을 추고

들꽃의 향기가
꽃술에 스며들어
꿀벌과 교감하는 시간

동면하는 동안
양식을 거두기 위해
가을걷이를 하는 꿀벌

산야에 나뭇잎새
붉게 물드는 낙엽으로
풍요로운 가을을 덧칠하고

꽃잎에 내리는
따스한 햇살들과

속삭이는 들꽃들의 향연

피어난 들꽃
햇살의 속삭임으로
꽃술 속에서 꿀이 익고

꿀벌 일하는 사이
불어오는 가을 바람에
들녘 가을향기 피어오르네

가을 산

2019. 10. 18

익어가는 가을
산기슭 모퉁이 사이
비탈길을 따라 걷다 보면

물들어가는
나뭇잎새 사이로
후두둑 소리

밤송이가
밤톨을 머금고
지나가던 바람에 흔들려
밤톨이 나뭇가지 사이로 투두둑 툭

밤나무 옆에
같이 있던 도토리 나무도 깜짝 놀라
톡 토도독 톡 도토리를 떨굽니다

떼구르르 때구르르

굴러 떨어져 낙엽들 사이에
밤톨과 도토리들 모습이 정겹습니다

밤 떨어지는 소리에
다가왔던 다람쥐
내 모습을 발견하고 어쩔 줄 몰라하고

깊어가는 가을
풍요로움이 넘치는 가을 산
내 마음도 가을로 물들어갑니다

시간의 흐름

2019. 10. 22

어둠이 물러가고 아침안개 사라지면
어김없이 시작되는 하루
내일이 오늘이 되고
오늘은 어제가 된다
어젯밤 조용한 어둠속에서
그리도 울던 풀벌레소리
어둠 걷히고 새날이 밝아오자
차들 소리에 숨 죽이고
또 하루가 가고
지난 과거가 쌓이는 만큼
내 인생도 짧아지고
가을 오니 여름 가고
가을이 지나가면 겨울 오겠지
그렇게 해가 바뀌겠지
내 인생의 봄은 그렇게 갔지만
그래도 해마다 꽃피는 봄은 오리니

Part 2

그리도
쓸쓸하거나 서운해 하지
않으렵니다

2019. 10. 23 ~ 2020. 04. 19

한가한 저녁

2019. 10. 23

뜰 안에 푸르른 청솔
그 향기가 창문 사이로 스며들고

어둠이 조용히 내려앉은
한적한 카페에 피어나는
아메리카노의 진한 커피의 향기

한가롭게 시간이 멈추고
조용히 휴식을 취해보는 저녁

하루의 해가 지고
저녁 어둠이 내려올 즈음
하루의 노고가 어깨에 내려 앉고

값진 노동이 가져온 마음의 허기를
한 조각의 베이커리와 커피로 달래 보며

사랑하는 사랑과

눈 맞춤하는 이 시간
진한 커피향 솔나무 향기는 넘쳐나니

내가 사랑하는 사람
그 사람이 바라보는 곳이
나와 같은 길 같은 곳이었다는 것을
운치가 흐르는
카페에 비치는 조명 불빛보다
사랑하는 사람 눈빛이 아름답다는 것을

사랑스런 사람을
바라보는 눈빛에도 마음에도
향기가 흐르고

산뜻한 저녁
기분이 좋은 시간에
밤이 아름답게 익어가네

가을의 청풍호수

낯선 동행길
이른 새벽을 가르며
가을 여행은 시작되고

계획되었던
자유로운 여행이
선택의 여지가 없었더라도

설레는 마음
가득 담아 시작된 여정
물들어가는 단풍 내 마음 물들이고

가슴속에
빠알갛게 스며드는
가을 빛깔 가을 향기

붉게 물든
호숫가 도담삼봉

양털구름 품은 맑은 하늘

청풍호 유람선에
나그네 마음 태우니
빼어난 풍광에 시선을 빼앗기고

일렁이는 호수 물결에
어지럽던 일상이 잠겨 사라지네

노을 진 강가

뭉게구름 두둥실
맑고도 푸른 가을 하늘에
고추잠자리는 석양에 지는 노을 따라 춤추고

한낮의 따스함을
가득 품은 가로수는
하나둘 나뭇잎을 떨구고요

쌓여가는 단풍잎이
거리에 한 폭의 그림을 그리고요

한강변 둘레길
낙엽이 바람 불어 흩날리면
강 물결 위로 물감을 뿌려주네요

저녁노을 따라
반짝이며 흐르는 물결
지나가던 철새도 동행하자며

서산 아래로 넘실대다 사라지고

강가 저편
코스모스 꽃밭은
사람들 발길 붙잡아 놓고

따뜻함을 머금은
노을지는 하늘 바라보며
오늘을 보내는 아쉬움에 먹먹함을 느끼는 해질녘

코스모스에게

2019. 10. 31

동트는 새벽
한강변 너의 모습
지나가던 발걸음 붙잡아

바라다보던
나의 눈가의 떨림에
결국에 흘러내리는 눈물방울

두근거리는
가슴을 부여잡고
기다렸던 너이기에

어두운 밤을 새며
아침이슬 머금고 피어난 네 모습에
뭉클해지는 나의 마음

꽃잎을 활짝 열며
밝은 햇빛 속에 환한 모습으로

하늘거리는 코스모스

빛나는 너의 모습
내 심장을 울리는 너의 하늘거리는 몸짓
내 맘이 너에게 전달된다면 좋으련만

뜨거운 나의 가슴으로
시원한 가을바람이 불어와
터질 것 같은 심장을 식히며 돌아 나오는 길

오늘처럼 내일도
너의 아름다운 모습
다시 만나는 행복한 시간을 기다려본다

잊혀지는 계절

2019. 11. 01

10월 마지막 날이 되면
이용의 노래 잊혀진 계절 가사가
어김없이 생각납니다

가을이 깊어지면서
가을을 떠나 보내는 시간이 찾아오기에
안타까움을 느끼는 계절입니다

풍요로운 계절이
겨울로 접어드는 시간이라서
아쉬움이 가장 많이 느끼는 시기입니다

가을이 가더라도
세월이 지나고 지나면
또 다시 가을은 다시 오기에
그리도 쓸쓸하거나 서운해하지 않으렵니다

다만

가을이 가기에
잊혀진 계절들 때문에
하나둘 겹겹이 쌓였던 추억들이
다시금 가슴으로 쓸쓸히 밀려오기 때문이지요

기다리던 그 가을도
어느새 스쳐 지나가 버리고
옷깃 사이로 쓸쓸함만 스며들어옵니다

지나치는 사람들
두터워지는 외투 속에
움츠러드는 마음을 간직하며
가을을 보내 드립니다

금강산 화암사

2019. 11. 02

금, 금수강산
　　이곳은 금강산 1만 2천 봉 중
　　남한에 있는 5봉 중 제1봉 신선봉

강, 강원도에 1봉 외에
　　4봉이 모두 모여 있다네
　　양구와 인제사이에 가칠봉
　　진부령 북측으로 칠절봉 향로봉 국사봉

산, 산사에서 바라다보이는
　　속초 앞바다 그리고 산과 계곡 모습이

화, 화려함으로
　　화사하게 옷을 입은
　　북설악 화암사 계곡에
　　아름다운 단풍잎으로 피어난
　　금강산 기슭에 가을의 절정을 이루노라

암, 암벽으로
　　우뚝 솟은 기암절벽
　　단풍나무 사이 수바위가
　　장엄한 모습으로 반겨주고
　　수바위 주변 숲 속에 둘레길이 정말 아름답구나

사, 사랑을 가득 담아
　　주말 화암사를 찾아서
　　동행하고 있는 이 시간으로
　　마음의 평온을 받을 수 있음에 감사하노라

시간의 굴레

2019. 11. 04

맑은 하늘 아래
넓고도 붉은 산야가
두 눈 시야에 들어와

가슴을 열고
그곳으로 달려가
편안한 마음으로 휴식을 취하고 싶다

시간이 흐르면
시선이 머문 그곳으로
지금처럼 가고 싶은 마음일까?

머무를 곳은 없어도
가고 싶은 곳 갈 수 있다면
지금처럼 안타까워하지는 않을 터

보고 싶을 때 보고
가고 싶을 때 갈 수 있는 곳

언제라도 그곳에 가서 쉬어 보시게

보고 싶던 마음이
가고 싶었던 마음이 시간이 지나
다시 그립던 시간이 오면 변하지 않는 마음이길

시선이 머문 곳
그곳을 바라보는 우리네 인생
마음이 평온한 휴식을 취하는 시간이라면
그곳이 아름다움으로 나의 눈 속에 기억되리라

잠이 드는 가을

2019. 11. 10

붉게 물든 가을산 고운 나뭇잎들
하나둘씩 낙엽이 되어 떨어진다
고웁고 고운 이쁜 잎새 단풍들
지나가던 바람결에 몸을 맡기고
낙엽이 쌓여가는 오솔길을
떨어진 낙엽을 밟으며 걸어본다
산책하는 오솔길에
걸을 때마다 나는 낙엽 밟는 소리 정겹다
오솔길 사이로 지나가던 가을 바람도
정겨운 낙엽 소리에 춤을 추누나
산등성이 너머 목장의 양떼들
갈색 초원에서 무리 지어 노닐고
추운 겨울이 오면
건초더미 가득한 보금자리에서
봄을 기다리며 시간을 보내리라
낙엽 밟던 나그네도 그 시간을 기다려본다

낙엽

2019. 11. 15

데구르르 구르다 구르다가
잠시나마 숨돌리며 멈추다
배회하다 사라진다

봄날에 태어나
푸르름으로 한 철 무성함을 자랑하더니
단풍 들어 낙엽이 되어 이별을 고한다

봄비 가득이
연초록 잎새에 담아
따갑던 태양아래 푸르름으로 더해지고

거센 비바람에
꿋꿋이 버티고 이겨내며
햇살을 가득 머금어 빠알갛게 물들고

달빛 내리는
외로운 밤 이슬에 젖으며

아름다운 모습으로 태어난 네 모습

지나온 시간동안
네 모습을 바라보며
마음에 안식을 가진 모든 이들에게

따갑던 햇살에 그늘을
무덥던 여름날에도 시원한 휴식처
푸르름으로 청량한 세상을 만들어주던 너

이젠 더이상 버티지 못해
떨어져 무리지어 구르다
갈길 잃어 멈추고 잠을 청하다

가을비

한낮 오후
창가에 부딪히는
가을비 속삭임이 애잔하다

가로수에 매달린 낙엽이
가을비와 같이 하나둘 떨어지고

낙엽이 떨어지는
그 위로 가을비는 내린다

쓸쓸함이 가슴 속에 밀려오는 것은
아침부터 내리는 가을비 때문일까?

바라봐 달라며
창문을 두드리며 흘러내리는 빗방울

회색빛 하늘
습기 가득 머금은

온기 없는 창밖에는 비가 내린다

내 모습이
유리창에 비춰져
창가에 내리는 빗물에 지워지고

창가에 앉아
빗소리와 속삭이는 시간

멀리 보이는
공원의 단풍들
떠나는 것이 아쉬워 슬픔에 젖는다

생각의 전환

2019. 11. 17

어느 날 문득
기다리지 않았던
갑자기 내리는 비를 맞는다

누군가는
생각하지도 않았던
갑자기 다가온 일에 부딪힌다

사람들은
무심코 던져진 언어로
가슴에 아픈 상처를 받는다

어쩌다 우린
준비하지 않았기에
감당하고 받아들여야 할
선택할 수 있는 폭이 너무 크다

갑자기 내리는 비

생각하지 않았던 힘들었던 일들
상대방에게 아픔을 주었던 말과 말들이

우리들 인생에
값진 삶의 시작이자
새로움을 개척하는 계기로 삼자

내일 또 다른
갑자기 일어나는
어려운 일들로 인하여 힘들어 하지 말자

결국은 부딪혀서
힘든 일들을 헤쳐 나가다 보면
그리 어려운 일들이 아니란 것을

나는 안다
지나간 어려운 일들이
이젠 그 일들이 힘이 된다는 것을

만추의 서정

2019. 11. 23

안개가 걸친 산야에
마지막 잎새들이
초겨울의 운치를 자아내고 있다

시골길 개울가에는
돌 틈 사이 억새풀이 춤추고
공원 옆 캠핑장은 한적함이 감도는데
굽이쳐 흐르는 물소리가 청량하다

오솔길 사이 시골집 텃밭에
바쁜 농부의 손길이 닿지 않아
서리 맞은 빨간 고추 시골 정취 더해주고

가을 추수 끝난
시골집 뒤뜰에 매달아 놓은
옥수수 더미와 무우청 시레기가 햇빛에 말라가는데

농부가 내년 농사를 준비하기 위해

텃밭 손질에 여념이 없는
시골 풍경이 정겹다

솔밭길을 걷다가 잠시 멈추고
숲속 벤치에 앉아 솔향기에 취해본다

어느새 솔나무 사이로 다가온 바람
옷깃을 파고 들며
내 마음을 어루만져 주고

숲 속에 흐르는 향긋한 솔향기 내음
쓸쓸한 가슴에 담뿍 담으니
평온하고 따듯한 행복감에 미소가 절로 피어나네

세월의 흐름

2019. 12. 01

작열하는 태양도
무덥던 여름의 열기도
여러 차례나 다가온 태풍에도
굴하지 않았던 가로수 푸른잎들이었는데
시간의 흐름은 거스르지 못하는 법

계절이 지나가는 시간
차디차게 부는 바람과 함께
가로수 잎이 모두 지고 말았다
시간이 흘러가는 것은
강물이 흘러가는 것과 같은 것

흐르고 흐르면 다시 되돌아올 수 없기에
그 시간을 그 계절을 받아들인다
세월의 흐름인 것을 어찌 하랴
우리네 인생도 이와 같지 않은가!
잎 떨군 앙상한 가로수 모습에서
우리가 살아가는 인생을 보네

남겨진 추억

2019. 12. 04

시간이 많이도 지나가는 동안
그 시간 그들은 무엇을 했을까
시간이 다가와 부딪혀 그들과 교감하는 동안
그 시간 그들에겐 무엇이 남겨져 있을까

지금까지 어떠한 인생이었을지
생각하기 어렵다 하더라도
어디까지가 그들의 인생이었을지
가늠 하기가 힘든 일이더라도
언제까지가 그들과 함께하는 인생으로
살아가야 하는지 모른다 하더라도

그나마 지나간 시간들과
다가오는 시간들을 소비하기에
사용한 시간으로 남겨진 아픔과 슬픔들
그리고 행복하고 아름다운 인생들이기에

그들에게는 다시 추억으로 재생되어 다가옵니다

그 누군가와 더불어

2019. 12. 06

가까운 누군가와 지향하고자 하는 바가
다르다는 이유만으로
다른 이의 마음과 의견을 듣지 않으려 했었다는 것을

본인의 의견에 이견을 가지는
다른 그 누군가에 다른 의견에 대하여
당연하게 본인의 의견에 동의할 것이라고
자신의 이기적인 생각이라는 것을 잊고 있었다는 것을

나와 생각이 다르다는 이유로
나의 의견은 옳고 상대방 의견을 무시하며
그 모두가 본인 의견을 따라야함이 최선일 것이라고
본인의 논리에 갇혀 다른 의견을 받아들이지 않는다는 것을

설령 나와 지향하는 바가 다르더라도
나와 다른 의견을 이해하고 설득하여
그 누군가와 같이 같은 목적을 달성하면 될 것입니다

용기 있는 배려와 포용으로
다른 의견을 이해하고 깊이 수용한다면
나와 그 누군가는 같은 목표를 향해 걸어갈 것입니다

그 누군가에게 나의 마음을 열고 다가서면
그리 내가 아파하지 않아도 될 것입니다

이제는 아파하지 말고
모든 것을 내려놓았으면 합니다
길지 않은 인생을
너무 그리 어렵게 살지 않아도 될 것입니다

그 누군가와
즐거운 인생을 살아가면 좋겠습니다

희뿌연 세상

보이는 세상이
구름 속에서 보고 있음이야

나의 안경에
무언가 묻어 있음은 아닌지

안경을 닦아보아도
보이는 세상은 답답하다

눈에 아른거림에
눈을 비비고 보아도 흐려 보입니다

주말 오후시간
날씨가 왜이러는가
안개가 자욱하게 펼쳐진 세상

날씨는 흐리지 않음에도
안개가 펼쳐진 듯한 오후 한낮

구름 한 점 없어도 무디게 보이는 세상

무언가 답답함이
흐르지 않는 강물 같아
요즘 돌아가는 세상과 닮아 있음이야

오늘 같은 날씨가
언제부터인지는 모르나
답답함을 느끼는 요즘 세상 풍경이라

확 트인
맑고 밝은 세상
시원하게 보이는 세상이 되었으면

가로등 불빛

2019. 12. 12

퇴근길 강변도로 조명 불빛들이
차창가로 다가와 위로를 건네는 시간

반짝이는 불빛들
열 지은 순서에 따라 어둠 속에서 춤 추는 듯
향연의 몸짓

FM 라디오의
음악방송에서 흘러나오는
감미로운 음률에 몸을 맡기는 시간

시야 속으로 들어와
잠시 머물다 지나가는
강변도로 조명들이
오늘따라 더없이 따뜻하게 와닿고

아름다운 음률에
소리 없이 노래를 삼킨다

한강변을 지나치며
차창가에서 느끼는
짧은 낭만의 시간

이런 시간을
또 다시 느낄 수 있다면
한잔 술을 머금고 다시 찾아오리라

내일도
또 그 다음날도
늘 그곳에 머물고 싶어라

화양강 휴게소에서

2019. 12. 14

지난 밤
잠자는 사이
첫눈이 내렸나 보다

화양강 휴게소에는
눈 내린 강변마을
시골 풍경으로 스며들고

시골강은
살얼음을 머금고
겨울 시간에 묻혀 있나니

겨울 강변가
얼음 위에 내려와 앉은
새하얀 겨울눈이 반겨주네

시골마을
따뜻한 맑은 햇살

눈 녹는 마을 풍경에 젖어 들어

흐르는 시간이
잠시 멈추어 바라보다
돌아보는 시간 하루가 익어가고

하루가 지나면
또 하루가 다가오리니
세월이 그리 지나쳐 가는구려

지나간 시간

2019. 12. 18

바람이 불어와도 스치고 지나가는 것을

내가 모르더라도
흐름이 상념의 시간을 스쳐서 사라져가는 것을
내가 느낄 수 없더라도
한 해가 지나쳐 가기에 어느새 또 한 해가 지나간 것을
내가 모르고 있더라도
지나간 시간이 흘러서 이제야 문득 알 수 있음을

안타까워하지 말아야지

이제는 나를 바라볼 수 있음에
시간이 많이도 흘렀음을 알 수 있음이야
뒤돌아볼 수가 있음에
나를 다시 찾을 수 있다는 것이

그게 다행이다

새벽 안개 걷히면

2019. 12. 24

새벽 안개가
땅거미 사이로 밀려들면
깊고 깊은 강물 속을 헤엄치듯

하이얀 동굴 속으로
자동차 불빛에 드러난
사물들 모습을 지나쳐간다

떠밀듯 달려가지만
힘없이 무너지는 네 모습에
지나쳐 뒤돌아보면 다시 서 있는 너

먼동이 터서
너의 모습이 뚜렷해지려할 때
서서히 어디론가 조용히 숨어버리는

기나긴 터널 안을
지나간 후 밝은 빛 보일 때처럼

땅거미 걷히면 네 모습도 사라진다

암울한 시간이더라도
어렵고 힘든 인고의 기간 동안
참고 지나가면 밝은 시간이 오듯이

새벽 안개 걷히면
맑은 햇살 머금은 하늘이 열린다

오늘도 너를 만나서
내 품에 안아보려 하였으나
어느새 조용히 사라지고

밝은 햇살이 가슴에 들어온다

한 해를 보내며

2019. 12. 29

오늘의 태양이
서산으로 넘어가고
땅거미 밀려오는 저녁 나절

2019년이 며칠 남아있지 않은
12월 마지막 주말 휴일이 저물고

마지막이라는
단어가 주는 의미가
가슴속 깊은 곳까지 애리고 저미는데

매년 이 시간을
맞이하고 또다시 보내지만
감회는 늘 새롭게 다가오고 보내집니다

지나간 날들 만큼이나
새로운 날 기다리는 시간으로
가슴 두근거리는 나의 심장을 느껴봅니다

보내어지는 시간들이
허탈하거나 허무하게 지나갔더라도
새로운 날들이 오기에 견딜 수 있습니다

며칠 남겨진 시간 동안
올 한해 소중하게 정리하고
아쉬움이 남더라도 후회가 없도록
보내었으면 하는 마음입니다

새로운 2020년
새해가 며칠 후에 다가오나니
맞을 준비 되셨습니까?

새해 첫날

2020. 01. 01

지난 한 해가
긴 밤속으로 들어가
서산에 묻히고 사라졌습니다

지난 한 해동안
수많은 여러가지 일들은
이제 그 깊은 곳에 묻어 놓으렵니다

지난 한 해에
아쉬움이 남아서
다시 뒤돌아볼 수 없도록

밝은 새해가
이제 붉은 태양과 같이
동해에 솟구치며 떠오릅니다

아침 어둠을 가르며
동산에 힘차게 떠오른 새해를

걸터앉아 바라봅니다

아침 햇살이
뒤뜰 울타리 사이로
살며시 들어와 동창을 두드립니다

이제 창을 활짝 열어
새해의 밝은 햇살을 맞이하려 합니다

기쁜 마음으로 맞이하며
새해에는 행복한 시간
보내자고 다짐해봅니다.

따뜻하고 붉은 태양이
서산으로 숨어들어 가기 전까지
뜨겁고 힘찬 시간을 보내보려 합니다

철이 든다는 건

2020. 01. 04_ 01

하나의 마음이 둘이 되고
둘의 마음이 셋이 된다면
셋의 마음을 가지련다
그런 마음을 느끼고 있다는 건
이제 조금 철이 들었다는 것

생각한 대로 되지 않는다는 걸
이젠 알았다는 것
어느 날 술 한잔을 기울이며
문득 이제서야 그런 마음을 느꼈다는 것이
조금은 부끄럽게 생각되었다는 것을
나이 들어서야 알게 되었다

처음처럼

2020. 01. 04_ 02

지난 시간들이
나의 머리 속 메모장에
가득히 저장되거나 기록이 되어
더이상 기록할 여백이 남아있지 않아

새로운 꿈과
새로운 희망의 계획들을
여백이 없어서 기록할 수 없다면
지나간 기록들을 지워 버리고

지나간 시간들로
나의 마음 가슴속에
그동안 들어와 앉아 있었던
지난 흔적과 미련들도 가득 담겨 있어

마음속에 남겨져
다시는 사용하지 못하는
잠자고 있을 가슴속 추억들도

이젠 지워버리기로 하자

지나간 시간들
모두 과거에 묻혀 있기에
이루고자 하여도 이루지 못한 일들도
이젠 모두 버리기로 하자

지나간 시간들을
모두 지우고 모두 버려버린
나의 머리속과 가슴속 여백의 메모장에

첫눈이 내려
아무도 걸어가지 않은
설상에서 첫발을 내딛는 느낌처럼

이 순백의
반듯한 여백의 공간 위에
새로운 꿈과 희망들을 다시 담아본다

처음처럼

얼음 강

2020. 01. 14

땅거미가 밀려와
어둠이 강변에 묻혀
아무것도 보이지 않는 시간
강물은 얼음 속으로 살며시 숨는다

강변가 겨울은
흐르는 물살을 가르며
힘겹게 강속으로 들어가
하이얀 얼음 옷을 만들어 입힌다

흐르던 물도
덮어주는 얼음옷을
품속에 포근히 끌어안으며
한겨울에 차디찬 바람을 막아낸다

얼음옷을 품고
흘러가는 강물결은
지나치는 바람에게 손짓하건만

겨울바람은
어두운 강물위 얼음 위를
떨리는 가슴으로 지나치고 사라진다

겨울을 먹은
겨울강은 긴 밤을 새우며
또 한 겹의 얼음옷을 입고

흐르는 물결은
아늑한 얼음 속에서
따뜻한 동면에 들어가고

새벽녘 동이 트고
따뜻한 햇빛이 비추걸랑
지나치는 바람의 차디찬 손 한번 잡아 주시게나

따뜻한 봄이 오면
두꺼운 얼음옷 벗을 때
그대 따뜻한 봄바람 가슴에
나의 온몸으로 사랑의 물결을 만들어 드리리다

사고의 시간

2020. 01. 23

바쁨으로 뒤돌아볼 수 없음에
생각을 가늠할 수 없는 현실이라
시간이 어느 누구에게나
같은 조건으로 주어진다 하여도
생각이 지향하는 바가
모두가 다를지어다

바라보는 눈의 높이와 깊이가
모두가 다르기에
우리가 받아들여야 하는
세상에 모습도 다르다 싶다

다름으로 느껴지는 모습들을
이해하고 공유해야 함이라
다름의 시간을 받아들이고
느낄 수 있음이 우리가 존재하는 이유

비록 삶의 시간들이

어렵게 다가온다 하더라도
우린 모두가 아파하고
힘들어하는 시간은 필요치 않으리

다만 생각하는 시간으로
다른 이의 고민을 헤아리고
그들을 이해하고 배려할 수만 있다면

사고의 시간이 새로운 삶을 찾아
아름다운 세상을 만들어가리
이젠 행복을 기다리는
바쁜 시간들로 살아가리라

2020년 2월 2일 2시 2분 2초

2020. 02. 02

시작된 새해
어느덧 1월이 지나가고

2월이 시작되는
겨울이 봄같이 따뜻한
미세먼지가 가득한 주말 오후

2020년
02월 02일
20시 20분 20초

다시는 오지 않을 이 시간을
추억의 한 페이지로 만들어도 좋을
그런 날입니다.

커피향이 좋은
분위기 좋은 카페에 앉아
흘러가는 한강의 물결에

비춰지는 야경을 바라봅니다

좋아하는 사람과
같은 곳을 바라다보며
한 잔의 와인도 음미합니다

추억의 한 페이지
그 시간을 기다리다
추억의 시간이 흘러갑니다

하얀 세상

2020. 02. 16

눈이 내린다
하얀 눈송이가 회색빛 하늘에서 내려와
온 세상을 하얗게 덧칠을 하니
하이얀 세상이 흰 도화지 속에 펼쳐지네
오랜만에 보는 눈이 반갑다
따뜻한 겨울이라 하이얀 세상이
금세 사라질 수도 있으리라
아니나 다를까!
따뜻한 봄기운에 눈은 시나브로 녹아 내리고
하얀 세상도 스러지네
하지만 또다시 하이얀 눈이
다시 내려와 주겠지 하는 찰나
창밖에 또다시 내리는 눈
행여 빨리 사라질까
이번에는 두 눈 가득히 눈을 담는다

눈 내린 겨울밤

2020. 02. 18

겨울이란 울타리 속에서
차디찬 영하의 추위로 몸집을 불린
눈송이들이 갈 곳을 잃어 서성이며 떨고 있는 밤

낮 동안 바람 결을 따라 헤매다가
부딪히며 감싸 안으며
눈더미 속으로 숨어 엎드린 채
흰빛으로 어두운 겨울밤을 밝힌다

너의 모습을 이제 다시
볼 수가 없으리라고
아무런 기대를 하지도 않았지만
용케 견뎌준 너의 모습이 기특해

지금 이 겨울이
너의 꿋꿋한 생명력으로
겨울 답게 익어간다

차디차게 불어오는 바람에도
하루 종일 노닐던 눈송이들
내일도 볼 수 있으려나

눈을 보듬으며 겨울밤도 잠이 든다

코로나 19

2020. 02. 22 _ 01

차가운 겨울
뜻밖에 태어나서
여러 곳에 아픔을 주는구나

기다리던 봄날
날로 극성스러워지는
너로 인해 가는 겨울이 씁쓸하다

하루가 지나면
더 많이 퍼지는 너를 보며
안타까운 마음으로 하루를 보낸다

내일은
오늘보다 약해져
사라지는 너를 보고 싶다

봄이 오는 소리

2020. 02. 22 _ 02

겨울 동안 얼었던 대지에
따뜻한 햇살 스며들어 물에 젖는다

겨울잠을 자던
대지의 모든 생물들이
잠에서 깨어 기지개를 켜며 눈을 뜬다

한겨울 동안
휴식을 마음껏 취한
건강한 뿌리들이 물을 먹으며

차디찬 바람과
영하에 차가운 날씨를
온몸으로 참고 견디며 버틴 것은

그 자리에서
살아 숨쉬며 기다린 것은

이제 힘차게
건강한 뿌리들이
대지에 물들을 빨아들이며
지상으로 솟구치기 위함이리라

겨우내 삭풍을 견디고
쓸쓸한 외로움도 참아냈던
잡초사이로 파아란 봄기운이 돌아돌아

새로운 봄날은
따뜻함을 먹으며 자라고
소리 없이 다가오는 봄의 소리를
눈으로 가슴으로 느끼누나

봄이 내린다

2020. 02. 23

봄이 오는 길목에 햇살이 내린다

며칠 전에 내린 눈
따뜻한 햇살에 녹아내리며
실개천으로 모여들어 흐른다

봄바람에 넘실대며
흘러가는 실개천 강물 위로
청둥오리들이 노닐며 즐기다가
불어오는 봄바람 소리에
깜짝 놀라 떼를 지어 날아간다

따뜻함이 스며드는
봄내음이 가득한 실개천에
흘러가는 시냇물소리가 정겹다

맑은 하늘이 열리며
내려오는 따스한 햇살이

한적한 산책길로 들어와 앉는다

청둥오리들이 놀다 간 자리
실개천 물결 위에 봄바람이 쉬어 간다

숲 속을 걸어가는 사람들
발자국 위마다 따뜻한 봄이 내린다

봄입니다

2020. 04. 18

어둠이 걷히고 아침이 열리자 봄비가 내립니다
겨울내 메마르던 대지에 촉촉하게 스며들어
겹겹이 쌓인 낙엽 속에서
그대는 겨울잠에서 깨어나 피어오릅니다

봄비가 내리자 쌓인 낙엽들도 비에 젖어
봄의 체취를 느낍니다
기다리고 그리워하던 봄비에 봄내음이 짙어집니다

온통 봄입니다
나무와 풀, 땅과 하늘, 계곡과 오솔길
숲 속 깊고 깊은 그곳까지
봄비가 촉촉하게 스며듭니다
봄내음 피어납니다

기지개를 켜며 깨어나는 그대 소리에
고즈넉한 숲이 수런거립니다
봄이라고 속삭입니다

118

봄 꽃

2020. 04. 19

벚꽃의 향연이 막을 내리고
뿌려진 벚꽃잎들로
산책길에는 벚꽃 향기 피어나고

커다란 팝콘이 터지듯이 매달렸던
벚꽃의 탐스런 모습은 사라지고
벚나무 가지마다 연초록 잎새가 푸르다

시간이 지나가면 새로운 날들이 오듯이
이제 벚꽃이 지니 매화가 활짝 웃는다

봄비가 내린 한강에도 봄바람이 불어와
바람결에 흐르는 물결에도 물꽃이 핀다

순풍에 흘러가는 구름 아래
봄바람에 흔들리는 나뭇잎 사이로
강변을 걸어가는 나그네의 눈속에도 봄꽃이 핀다

Part **3**

모두가 다
그렇게 또
지나갈 것입니다

2020. 05. 01 ~ 2020. 12. 28

필요 없는 말

2020. 05. 01

대화 중에
불필요한 말들이 너무 많은 것 같다

"이건 비밀인데요."
이 말은 더 이상 비밀이 아니고

"너한테만 꼭 해줄 말이 있는데."
이렇게 시작하는 말은
듣고 보면 별로 중요한 내용이 아니다

"이런 말 한다고 기분 나쁘게 생각하지 마라."
이렇게 시작하는 말은
듣고 보면 꼭 기분이 나쁘다

"이번 한번만 도와 주시면…"
이렇게 꺼내는 말은
이번 한 번만으로 끝나지 않는다

23

"그러니까 결론적으로…"
하며 끝나는 말은
무엇에 대한 결론인지 불분명하다

"존경하는…"
이라는 형용사로 시작되는 말은
사실 형식적인 말머리에 불과하다

"간단하게 말해서…"
라며 꺼내는 말은
무엇이 간단한지를 모르겠다

"쉽게 말해서…"
라고 시작하는 말도
알아들을 수가 없는 말이 많다

붙이지 않아도 되는
꼭 붙이며 하는 말들은
케이크 위에 괜히 얹혀 있는
아무 필요 없는 가짜 장식과도 같은 것

회암사 수바위

2020. 05. 02

수바위(쌀바위)는 화암사 앞에 우뚝 솟은 왕관 모양의 우람한 바위입니다. 수바위에는 쌀에 관한 전설이 전해옵니다. 옛날 산속에 시주가 어려운 사찰의 스님 두 분이 수행을 하던 중 꿈에 백발 노인이 나타나 이 말을 하고는 사라졌습니다.

"수바위에 있는 조그만 구멍을 지팡이로 세 번만 두드리면 쌀이 나올 것이다. 그 공양미로 밥을 지어먹고 열심히 수행에 만 힘쓰라."

같은 꿈을 꾼 두 스님이 백발 노인의 말대로 수바위 구멍에서 지팡이를 세 번 흔들었더니 2인분의 쌀이 나왔다고 합니다. 그러나 화암사를 찾아온 객승이 욕심을 내 지팡이를 6번 흔 들어 4인 분에 쌀을 얻고자 하였습니다. 그러자 쌀 대신 피 가 나왔고 그 후로 수바위에서는 쌀이 나오지 않았다고 합 니다. 욕심을 내지 말라는 전설입니다.

지금까지 우리는 자본주의 자유 대한민국에서 모든 국민들 이 노력하여 쌓아놓은 곳간을 세 번만 두드리고 사용하여야 할 것입니다.

그동안 힘들게 모아 놓은 혈세를 정말 필요하고 꼭 사용하는 곳에만 곳간을 조심스레 열어 사용해야 할 것입니다.

우리 후세들에게 건강하고 자유로운 나라에서 행복하게 살아가도록 해야 합니다.

세상 촌평

2020. 05. 18

갑자기 다가온 예기치 않은 환경 변화에
당혹스러운 상황과 맞닥뜨리게 됩니다

모두가 새로운 환경에
적응하는 시간이 필요하겠지요

현실에 주어진 환경에 적응하며 살아가는 것이
우리네 삶이지만 주어지는 환경이
시시각각으로 변하기에
살아가는 현실이 순탄치 않지요

마주한 현실을 힘겹게 딛고 일어서서
삶이라는 어려운 과업을 받아들이려면
가용할 수 있는 모든 역량을 동원해
최선을 다해 살아야 살아내야 하지요

그러한 삶이
우리가 받아들이고 부딪혀야 할

인생이고 숙명인 것을 어찌하겠습니까?

어렵고 힘든 환경일지라도
슬기롭게 극복하다 보면
모두가 다 그렇게 또 지나갈 것입니다

지나간 것은 지나간 대로
다가오는 것은 다가오는 대로
우린 우리의 삶을 살아가자구요

봄이 지나면 여름 오듯이
가을이 오고 또 겨울이 오리니

그리 많은 시간이
남아있지 않은 인생이기에
너무 자신의 틀 속에 가두어서
더 넓고 폭넓은 인생을 누리지 못한다면
아쉬움이 남지 않을까요?

모두가 걱정 없이 살아가는
달달한 세상이
다가오기를 기다리며 살아보자구요

봄비가 봄바람 타고 내리네

회색빛 하늘가
구름 속에서 머물다가
흐르는 바람결에 휘감기며
빗방울 되어 나무 잎새로 떨어지는 빗물

나무 잎새들은
빗방울이 내려주는
시원함으로 진한 푸르름을 더하고

갈증으로 허덕이던 메마른 오솔길 숲길에
소복소복 촉촉하게 빗물이 쌓이는데

머언 하늘가 구름
지나가다 잠시 머물다
대지에 내려와 앉은 빗물, 빗방울들이
나뭇잎 줄기 타고 흘러내려 숲길에 머문다

길 가다 머문 곳

빗물, 빗방울들이 잠시 쉬는 곳
그곳 숲길에는 나무가 좋아 춤춘다

오랜 시간 가뭄으로 갈증에 허덕이고
거칠어져 메말라하던 숲이 생동감으로 변하고
숲 내음이 주는 싱그러운 향기로 가득하다

봄이 가는 길목
봄비는 봄바람 타고 내리고
꽃잎은 마지막 잎새를 떨구며 지는데
떠나가는 봄이 아쉬워 그리 슬피 우는가!

새벽 출근길 단상

2020. 05. 26

창문을 스치는 소리에
문득 잠에서 깨어 일어나
창문을 열고 밖을 바라보니
안개비가 가득히 밀려와 안긴다
아침 고요 속에 깨끗한 공기가
가슴속에 시원하게 들어와 앉는다

아직은 꺼지지 않은
새벽녘 가로등 불빛이
조용한 골목 안개 낀 새벽길에
가로수 나뭇잎 사이로 소리 없이 흐른다
어둠이 걷히고 비구름이 사라지면
동녘하늘이 서서히 밝는 걸 보니
아마도 오늘은 밝은 태양이 떠오르리라

하루가 시작되고
열심히 일터로 향하는 사람들
하나 둘 가로등 불빛 사이로 보이고

멀리서 다가오는 버스
아침부터 고단한 삶을 위해
사람들은 기다리던 버스에 오른다

각자의 일터로 자신의 꿈을 이루기 위해
버스 속으로 들어가며 하루가 시작되고
가로등 불빛 사이로
사람들을 싣고 버스가 사라지자
가로수 잎새가 손을 흔든다

어둠이 걷히며
하이얀 구름 속을 거니는 듯
습기 가득 머금은 안개는 흐르고
아침 향기는 소리 없이 피어 오른다

행복함이 깃든
즐겁고 활기찬 하루를 보내길
청명하고 시원한 아침 공기처럼
오늘도 알차고 신바람 나는 하루가 되길

5월 장미

2020. 05. 31

햇살이 따사로운 5월 마지막 날
바람이 녹음 속으로 스며들어
나무 그늘 아래가 시원한 한낮

오늘 산책길에 뻐꾸기의 울음소리가
숲 속 나무와 나무 사이에서
파란하늘을 맴돌다 다시 돌아온다

햇빛이 아파트 울타리에
내려와 부딪히고 달아날 때
불빛 같은 빠알간 장미꽃이
아름다운 붉은 눈망울로 바라본다

밝은 마음들이 뜨거운 장미송이처럼
햇살 속에서 조용히 익어갈 때
지나가던 5월은 아파트 언저리에서
흐르는 시간을 잠시 멈추네

가로수의 넓은 이파리 사이
산새가 가쁜 숨을 몰아 쉰다
먼 곳으로부터 언덕을 넘고 산을 지나
따가운 햇살을 피해 쉬어나가리

하루가 기울어가는 거리의 모퉁이
빠알간 장미가 5월을 함께 보낸다

밝은 모습 환한 얼굴로 바라보며
지나가는 바람에게 속삭인다
이 시간이 지나고 나더라도
5월은 다시 돌아오리라고

떠나가는 발자국 소리를 들으며
뻐꾸기가 쓸쓸함으로 노래한다
5월의 장미는 더 붉고 빠알갛게
타오르는 불빛처럼 노래하리

그곳으로 가고 싶다 1

2020. 06. 14

나는 늘
그곳에 가고 싶다
매일 아침이 밝아오면

아침 시간
어둠이 걷히고
고요함이 함께하는
작은 동산 숲길에서

자욱하게 흐르는
숲 속의 맑은 산내음
이슬 먹은 푸르른 나뭇잎
가지 사이로 솔솔 피어오르고

버드나무 줄기 타고
스며드는 아침안개가
숲길 사이로 들어와 앉아 있는

숲 내음이
잔잔히 드리워진
그곳의 향기를 마시고 싶다

아침이슬에 촉촉히
젖은 벤치에 앉아
그곳의 바람소리를 듣고 싶을 때

바람이 주는
청량한 시원함으로
가슴이 맑아지는 곳이 그리울 때
풀잎 꽃잎에 나폴거리는 하얀 나비가
반갑게 인사하는 모습이 보고플 땐

아침에 눈 뜨면
산내음이 그리운 그곳으로 가야겠다

밤의 찬가

2020. 07. 31

하루가 저물고 저녁이 무르익을 때면
들녘에 길게 드리워진 어둠에
밤이 내려와 앉는다

내려앉은 밤은 서서히 어둠으로 젖어가는데
밤 하늘은 조금씩 조금씩 익어간다
밤하늘을 온통 별빛으로 수놓을 때면
바라보는 눈 속으로
아름다운 달님이 다가와 앉는다

어둠에 묻혀 있던
모든 산과 들녘의 풍경이
달님의 빛으로 하나 둘 벗겨지고

벗겨진 밤의 모습을
달빛이 비추어지는 사이
나뭇가지 사이로 바람 들어오면
나뭇잎 사륵 사르륵 부비는 소리 정겹다

달빛 아래에 내 모습을
호수 속에 비추어진 내가 나를 바라다본다
조용히 흐르는 달빛 스민 시냇가에는
적막한 시골에 밤이 흐른다

밤공기에 묻혀 별빛과 달빛에 젖은
숲 속의 풀잎들은 풀내음으로 물든다

가득히 스며드는
밤 하늘 사이로 보이는
나뭇가지들의 움직임들이
어둠 내린 산야의 적막함을 깨운다

이젠 서서히 어둠이 걷히고
밤하늘에 달빛 별빛도 잠이 들 시간
이젠 서서히 어둠이 걷히고 새벽이 오리니

그동안 어두운 밤길을
조용히 홀로이 걸어온 시간
이젠 밝은 아침으로 맞이하리라

가을의 향기

2020. 09. 01

9월의 시작
이제 가을의 향기가 다가옵니다

햇살이 뜨겁고 무덥던 여름이
긴 시간 동안 먹구름 속에
우리를 숨막히게 감싸 안고 지나갔습니다

그동안 많은 노력과
힘든 일정 속에 어렵게 일궈온
모든 산과 들 그리고 강과 바다
그리고 사람들에게 아픔과 고통을 주고 사라졌습니다

그것도 모자라서 기나긴 시간 코로나19가
사라지지 않고 더욱 옥죄여 옵니다

이제는 하늘만 쳐다보며
천수답을 일구어 온 농민들처럼
우리나라의 소상공인들과 서민들도

비가 오기를 기원합니다

이번 주가 고비라고 하지만
모든 것은 지나가 봐야 알 터인즉
잠잠히 수그러지는 시간이 되기를 기원해봅니다

이번 주에 우리를 향해
다가오는 또 하나의 두려움과 공포의 태풍
제발 조용히 지나가길 빕니다

그동안 만나지 못해
나누지 못한 정을 공유하고
메시지로나마 풋풋한 옛 그리움과 정을
서로에게 나누면 좋지 않을까요

지나가면 모든 것이 사라지고
잊혀진다고 하더라도
서산에 지는 아름다운 황혼에
노을이 밤 하늘속으로 사라진다 하여도
가슴속에 남은 향기는 우리들에게
아름답게 기억될 것입니다

아마도 영원히 향기가 되어…

나의 아름다운 시간이 흐르고

2020. 09. 05

구름에 젖은 하늘이
회색빛 그늘 속에 잠긴 도시를
빗소리 내며 지나갑니다

긴 빗소리는
젖어 있는 하늘 아래에서
뜨거운 여름을 삼키고 사라지고

기나긴 시간이 젖은
구름을 머금은 하늘 속에
이제는 벗어나려 맑은 햇살을 내립니다

뜨겁던 햇살도
가을이라는 시간에 묻히고
송글송글 맺히는 땀방울에
가을의 색을 입히는 시간입니다

비에 젖은 여름은

구름에 걸터앉은 햇살에
긴 시간 도시에 묻혀 지나갔습니다

암울하던 여름은
회색빛으로 가둬놓은
젖은 숲속으로 들어가 버리고

젖은 숲길 속으로
여름이 잠긴 그곳에
지나가버린 태풍의 여진으로
나뭇가지와 나뭇잎이 숲길에 흩날립니다

대지에 내려앉아
햇살들은 산책길 옆으로
나뭇가지 숲속으로 들어오면
바람이 햇살들을 데리고 사라지고

사라지던 바람도
뜨거운 햇살에 녹아
흐르는 강물에 몸을 숨깁니다

숲속 웅덩이에
빗물이 흘러 들어와

산속에 작은 호수 되어
목마른 산새들 잠시 목축이고

다시금 바라다 보는 시간
가을 속으로 다시 들어와 앉아
숲길에 이름 모를 들꽃이 반겨줍니다

회복된 건강으로
오랜만에 다시 찾아온 숲길에는
다시 나의 아름다운 시간이 흐릅니다

미소의 향기

2020. 09. 12

밤길을 걸어가는 나그네의 어설픈 몸짓을
가로등 불빛들이 슬픈 눈으로 바라봅니다

어두운 밤이 사라지고 날이 밝아 시작되는 삶들은
버겁고 힘든 일상으로 다가오지만
청명하고 깨끗한 파란 가을 하늘에서
따뜻하게 내려오는 햇살들이
포근한 미소로 다가오며 반깁니다

어느 누군가의 따뜻하고 포근한 미소는
어려움에 지친 사람들에게
조금이라도 마음에 위로가 되겠지요

따뜻하고 포근한 아름다운 미소의 향기는
외롭고 힘들어서 아파하는 사람들의 마음을
어루만져 치유하고 행복을 전염시킵니다

오랜 기간 마음 한편에 켜켜이 묵혀온 말 못할 사연들을

이제는 가슴을 열고 모두 이야기를 해야 합니다
행복한 삶을 가슴에 담을 수 있다면
어색하고 부담스럽다 한들 어떻습니까?

파아란 가을 하늘에는 새털구름
두둥실 흘러가는 시간이 평화롭습니다

가을을 먹다

2020. 09. 19

햇빛이 내리고
햇살을 반기는 오후
맑고 청명한 하루가 지나가네

파아란 하늘 아래
아름다운 색깔을 덧칠한
나뭇가지 사이로 스치는 가을바람

고요가 숨쉬는
산책길 옆 이쁜 카페에는
시원한 인공 분수대가 시간을 먹는다

지나가는 사람들
바라다 보는 따뜻한 눈길 속에
가을이 익어가는 소리가 들리누나

가로수가 숨쉬고
나무 잎새들이 반짝이며 눈빛을 보내는

오후의 감미로운 시간

주말 농장에는
이름 모를 들꽃들이 피어나고
코스모스 활짝 핀 숲 속 산책길 언덕 사이로
참새들 하나 둘 모여들고 사라지고

하얀 나비 노란 나비
꿀벌들과 잠자리떼
가을 바람결에 이리저리 춤추네

가을 주말 시간은
또 하루를 삼키며 지나가네

가을이 익어갈 때

2020. 09. 26

등산길 숲 속
물들어가는 단풍 잎새마다
흐르는 시간이 색감을 입힙니다

가을이 익어갈 때
단풍잎 가득한 숲 속에
밤과 도토리 떨어지는 소리

나뭇잎 색감이 짙어지면
하나 둘 가을 바람에 날리어
숲길 나무 사이 산기슭에 떨어지고

밤톨과 도토리
나뭇잎은 소복소복 쌓여
다람쥐 겨울양식 가두리하네

지나간 여름 동안
따갑던 햇살도 무더움도 없이

구름 덮인 하늘 아래 빗소리에 젖어

비탈길 숲 속
숨죽이던 토양 속에
기지개 켜며 솟아난 버섯들

진한 향기를 품은 가을바람
시원하게 불어와
진한 가을 먹은 낙엽들
가을 길 걸어가는 발걸음 걸음마다
하나둘씩 쌓이고 또 쌓여만 간다

추석 이맘때면

2020. 09. 30

유년시절의 추석 명절
그때의 기억이 떠오르곤 합니다

서너 가구 밖에 안 되는
산골 작은 마을

아침 햇살 내리면
밤새 내린 서리가
지붕 위에 모락모락 피어오르고

초가지붕 위
호박 넝쿨 잎새 사이로
익어가는 황금빛 호박덩이들과
빠알간 대추들이 익어가는 풍경

추석 이맘때쯤이면
옛날 어릴 적 모습들이
더욱더 생각이 납니다

풍성함 가득한 추석 한가위 명절

코로나19로 어려움으로 가득한
힘든 시간이지만
그동안 모두가 잘 참아왔고
그래서 더욱 뜻 깊은 명절이
될 것 같습니다

상쾌한 바람이
옷깃을 스치는 즐거움과
행복한 미소 머금은 파아란 하늘
따뜻한 햇살이
가을 바람 타고 내려와
포근히 감싸는 가을의 명절 추석

계절 인연을
기다리는 들녘에는
가을이 예쁘게 익어갑니다

가을 달밤

2020. 10. 02 _ 01

땅거미 어둠이
언덕으로 밀고 들어와
산야에 검은 그림자를 드리우자
저녁이 사라진 하늘 속으로
밤은 한 걸음씩 다가와 묻힙니다

밤이 깊어지면
달은 밤하늘에 들어가
달빛으로 환하게 밤을 밝힙니다
달빛 속에 구름 가듯이
달빛 어린 구름 속에 달 지나가듯
가을의 밤은
흐르고 또 흘러갑니다

달빛 환한 밤하늘엔
가을의 밤 향기 피어 흐르고
밤 안개 구름 되어
달님과 숨바꼭질하는 사이

가을 밤하늘은 깊어만 갑니다

깊어지는 가을밤
졸린 듯 별빛에 안겨서
달빛으로 물들어가는 밤하늘
추석은 밝은 달님과
한참을 노닐다가
달빛 속으로 들어가 깊이 잠이 듭니다

그 길로 가고 있네

2020. 10. 02 _ 02

수많은 갈림길에서 선택한 길
그 길이 어디로 향하는지
지금은 모르지만 나는 그 길로 가고 있다

걸어가는 길 주변에 여러 종류의 예쁜 꽃들
꽃 향기를 찾은 벌과 나비 반겨주네
길과 길 그 길로 이어진 흙내음을 풍기는 오솔길 옆에는
이름 모를 들꽃들이 열 지어 반기고

내 앞에 보이는 참으로 많은 길들이 펼쳐지고
그 길 양쪽으로 많은 산들이 엎드려 오네

산과 계곡이 펼쳐진 곳에는
수많은 길들이 어우러져 있고
주름살 많은 착하고 소박한 마을사람들이
들메꽃처럼 들향기 속에 살아간다네

돌담길의 작은 돌들이

발바닥으로 전해오는 아픔으로
천리 황토길이 쉽지만은 않아 어려워도
꽃은 피고 지고 새들은 울고 웃고
강물은 한없이 맑아서 되비추는 그 곳

깊은 산속에 사는 것이
어느 때나 가슴이 아프고 쓰라린 일
저무는 가을 저녁에 소쩍새 울음에
귀 기울이노라면 서러움과 그리움 밀려드나니

지나간 길 그리웁고
다가오는 길이 힘들다 하더라도
모두가 눈감으면 그립고 눈 뜨면 더 그리운

바라다 보이는 저 산 아래
수많은 길가 들꽃들의 향기와
우거진 숲 속 산새들 울음소리

숨을 쉬면 더 그리워지는
산과 숲이여 강이여 길이여 꽃이여
그대들 숨결이 늘 우리 곁에 머문다

가을의 시골길 걸으며

2020. 10. 03

가을의 산과 들녘에
곱디고운 단풍들이
다양한 색채로 덧칠 되어
아름다움으로 활짝 물들고

가을 들녘에
농부가 한해 동안 일궈온
논과 밭에 황금물결 곡식들이
알알이 익어갈 때

가을날 시골길을
걸어가는 나그네의 눈 속으로
맑고 청명한 높은 파아란 하늘이
흠뻑 빠져듭니다

가을날 하루 해가
서산 언덕으로 넘어가고
흘러가는 구름에 걸친 태양보다도

노을이 더욱 붉어질 때에는

가을날에
깊은 산속 골안개처럼
계곡으로 흐르는 속살같이 맑디맑은
물을 마시고 싶어라

가을날
어렵사리 힘들고
고단함으로 길을 가던 나그네

가을 산야에
아침 안개 피어오르고
이슬 맺힌 푸르른 솔나무 아래에
편안하게 쉬고 싶어라
가을 계곡에
흐르는 물소리를 들으며

가을의 소리

퇴근을 하며
집에 들어가는 길
정원 숲속에서 귀뚜라미가 운다

어젯밤 잠자기 전
아니 그 전날 잠 못 이루는 밤에도
이 녀석이 나의 마음을 훔쳐갔을까?

길가 벤치에 잠시 앉아
들리는 소리에 귀 기울이다가
툭 소리에 놀라서 무엇인가 찾아보니
도토리다

서글피 울던 귀뚜라미도
도토리 떨어지는 소리에 놀랐을까?
소리가 들리지 않는다

내일 또다시 이곳에 오면

네 녀석에 아름다운 울음소리를
다시 들을 수 있을지

아니면 오늘밤
잠 못 이룰 때에 너의 울음소리로
자장가 불러준다면

가을밤에
달빛이 창가에 얼굴 비출 즈음
시원하게 불어오는 가을바람을 타고 들려오는
귀뚜라미 울음소리에 잠을 청하리라

벤치에 앉아

2020. 10. 08

다양함으로 가득한 세상에서
이해관계가 충돌하지 않기 위해
새로운 수많은 정보를 받습니다

정보의 늪에서
필요한 요구 조건을 찾아
가장 합리적이고 적합한 사고를
충족하려고 노력도 기울여 봅니다

이상적인 삶과
건강한 인생을 위해
새로운 사고를 추구하려면
기초부터 다시 설계하여야 합니다

회색빛 도시에서
생각이 다른 많은 사람들이
공간에 허전함을 새로운 정보로 메우고
같아지는 사고를 충족하려 합니다

요구와 조건이
생각의 다름으로 어려워지면
시간의 중력으로 걸어가는 발걸음이
무겁고 힘들어집니다

힘들고 무거워서
생각에 깊이를 알 수가 없을 때에는
가로수 그늘 아래 고즈넉한 벤치에 앉아
잠시 편안한 휴식을 가져봅니다

시선이 멈춘 곳
석양으로 기울어지는 햇빛에
가로수 나뭇잎들이 반짝이며

하루가 저무는 시간
햇살에 담뿍 담긴 따뜻함이
사고하는 고뇌의 아픔을 어루만집니다

고민하는 다양한 생각에 다름이
힘든 하루의 시간들을 햇살 가득 머금고
서산을 넘어 사라짐을 바라다봅니다

밀회

가을이 오면 그대가 보고싶다

구름이 한 점 없는
맑고 파란 가을 하늘이
물감을 칠한 듯 넓고도 깊어
나의 마음 빠져든다

세월은 흘러
인생의 황혼기로 가는 길목
잠시 서성이는 나그네의 가슴으로
가을 바람이 시간을 채우려 한다

가을날 한낮
따사로운 햇살이
나무마다 내려 앉고

빠알갛게 변해가는 단풍잎
가을날 저 먼산 언덕 넘어 능선을 따라

더 붉게 물들어 갈 즈음

해지는 석양으로
노을 진 언덕에 가을 바람이 불어와
물들어가는 단풍잎이 나그네 어깨 위로
한 잎 두 잎 낙엽 되어 떨어지는데

하염없이 바라보는
가을 나그네의 마음으로
쓸쓸함으로 흠뻑 젖은 그리움이 밀려오면
그대가 보고파진다

저물어가는 능선을 따라
붉게 물든 노을 진 하늘을 바라보며
그대를 만나고 싶다

너무나 보고 싶은 그대여!

유년의 추억

개구장이 시절
빡빡머리 어린 소년이 살던 곳
그곳이 그리워진다

개발되지 않아
꾸며짐이 없는 자연에서
어린 시절을 보낸 그곳
고향의 시골 풍경이 그리워진다

국민학교 수업 종료 후
시골길을 걸어서 집으로 가는 길

책가방이 없어
책보를 질끈 어깨에 둘러메고
달음박질하며 학교 돌담길 돌면 보이는 그곳

구불구불한
논두렁 밭두렁 사이로

다닥다닥 이어지는 다랑이논엔
알알이 벼 이삭들이 익어가는 황금 들녘의 그곳

논과 밭 사이 집으로 가는 길
메뚜기 떼와 같이 뛰어다니던 그곳
그 시골길에 지금도 메뚜기가 있을까?

오래전 어린 시절
그때의 아름다운 기억들이
가을이 되면 나를 여전히 향수에 젖게 한다

오늘도 그때 그 시간들이
아련하게나마 그리워지는데
지금도 그곳 집으로 가는 돌담길에는 코스모스가
피어 있으리라

향수에 젖어
그리워하는 나그네를 바라보며
코스모스는 활짝 웃는다

가을 햇살과 함께

2020. 10. 17

낙엽지는 가로수길을
차창 너머로 바라보는 눈 속에
이쁜 옷 걸쳐 입은 단풍나무 잎들이 손짓하며

따사로운 햇살이 내리는 주말
시원한 가을 바람을 타고
예쁘고 고운 단풍잎 향기에 젖는다

가을의 정취가 묻어나는 시가지를 지나
지인의 결혼식에 다녀오는 길

화창한 가을날
행복한 인생을 설계하는
신랑과 신부의 모습을 뒤로하고
도심지를 벗어나 외곽도로로 향한다

산야에는 가을 향기 가득 담은
햇살이 내리고

흐르는 강물과 숨바꼭질 하던
가을 햇살이 물결 속에서 가을로 반짝이고

하루가 지나면
또 하나의 계절이 저물어
지나가는 세월이 차곡차곡 쌓여지리라

먼산에 걸터앉아 잠시 쉬어가는
새털구름이 사라지려 하자
차창 밖에 활짝 핀 코스모스가 손을 흔든다

가을 강가

2020. 10. 24

가을 햇살이
단풍잎으로 물들어
가로수길 앞 강가로 내려와
흐르는 물결 위에 앉는다

한해 동안 강물 위에서
이쁜 꽃을 피우다 지길 반복했던
푸름 무성하던 연잎들도
강물 속으로 하나 둘 스러진다
반짝이는 물결 위에
이제 마지막 잎새에 남은 물기가
지나가는 바람에 사라진다

차디찬 가을바람이
옷깃사이로 스며드는 공원길에는
코스모스가 해맑은 모습으로 손을 흔든다

쓸쓸한 마음을 가득 담아서

남한강 하류에 흘려서 보내려는
나그네의 심정이
억새 풀숲으로 숨어든다

강가에 따뜻한 햇살이 내려도
산책길 사이로 불어오는 바람은
가을날 쓸쓸함으로 다가온다

단풍구경 가는 길

2020. 10. 31

동쪽 하늘가
서서히 붉게 물들어 가고
동산 구름 속으로 솟아오르는
햇살의 힘찬 기운을 도시는 먹는다

10월 마지막 날
한가한 주말 시간을
집에서 가까운 근교 산
단풍이 물든 곳으로 주말 여행을 떠난다

눈으로 느끼고
가슴에 담고 싶었던
이쁘고 아름다운 단풍잎들을
오늘은 마음속 책갈피에 넣어 오기로 하자

아침 동트기 전에
일찍이 출발 하였지만
도로는 이미 단풍 여행객들로 차 있다

곱고 진한 단풍을
만난다는 생각에
밀리는 도로를 달리는 내내
설렘과 기대로 심장이 떨린다

차창가로 스치는
눈에 보이는 모든 것들이
차안으로 달려 들어와 앉아
여행하는 지금 행복하다

다가가면 다가갈수록
가까와지면 가까워질수록
보고파서 떨리는 마음
그리움에 설레는 마음이
풍선처럼 부풀어 오른다

고택에서의 한나절

2020. 11. 15

호숫가에 앉은
후종당 종택 옛길
고즈넉한 군자마을이다

선비 문화의 고장
경북 안동시 근교에서
가족들의 모임이 있는 날

소나무가 가득한 둘레길 숲길
솔향기 가득한 가운데 솔잎들이 떨어져 쌓여가는
솔밭 사이로 물안개가 그윽하다

밀려드는 아침 안개
호숫가 반짝이는 물결 위에
솔향기 번지며 가을이 익어간다

풀꽃이 피어 있는
둘레길 산자락에는

자세히 보고 또 오래 보고 있어야
사랑스럽고 이쁜 꽃들이 피어 있다

그런 숲길에 둘러싼 고택에
8가지 색다른 형제들이 두런두런 이야기 꽃을 피운다
그 모습이 정겹게 보인다

호수가 내려다보이는
소나무 숲 속 지애정 찻집
할아버지의 따뜻한 사랑이 담긴
할머니에 온정이 느껴지는 고택에서

미니떡이라는
뽕잎설기 마설기 떡을 맛보는데
아이스 아메리카노 향기가 풍미를 더한다

찻집 정원 돌담길 주변에 피어난
구절초꽃이 아침 햇살에 눈부시다

가을비 내리는 날

새벽부터 밤을 깨우며
천둥소리와 함께 가을비 내리고
어둠이 벗겨진 창문에 빗물이 흐른다

먼동이 터도 구름의 무게에 하늘은 어둡고
내리는 빗물에 젖어
가로수길에는 낙엽이 하나 둘 지는데

비 내리는 산책길에
비에 젖은 낙엽들을 밟으며
걸어가는 나그네의 뒷모습도 젖는다

낙엽 위에 떨어지는 빗방울 소리가
졸린 듯 잠자려는 하루를 일으켜 깨우고

하늘이 열리며 빗방울 멈추니
나타난 하얀 새털구름 아래에
떨어지는 단풍잎들 너무 이쁘다

새로운 날들

2020. 11. 25

아침이 기다려지는
새로운 날들이 고마워지고
눈을 뜨면 매일 매일이
신기하리만치 감사합니다

초겨울이라 추운 날 아침
쌀쌀하지만 마음속은 항상 따뜻해지고

하루가 시작되는
밝은 날들이 열릴 때마다
보이는 세상이 아름답습니다

생각하고 또 생각할수록
나를 만나는 모든 사람들이
나의 눈 속에 담겨지는 시간이 있기에

오늘
또다른 시간을

새로운 눈 속에 담기로 합니다

현재
답답한 가슴과
어지러운 머릿속을
누군가 들어와 앉아 편안히 쉬어 갈 수 있도록
마음속 한 켠을 비워 놓기로 합니다

하루를 마치고
어둠이 내려와 캄캄한 밤이 되어도
지금 이 순간 행복감에 마음 환해집니다

향기나는 커피 한 잔 하면서
사랑하는 사람들이 모두가 행복하길 바래봅니다

하루를 여는 숲 속

2020. 11. 29

시간의 흐름이 흐르고 흘러
어느새 네 번째 다가와 앉은
사계절의 마지막 초겨울의 시작

다가온 초겨울의 밤이
따뜻함으로 깊이 잠든 시간

이른 아침 찬바람이 새벽을 뚫고
창문사이로 비집고 들어와
콧등을 스치는 한기에 눈을 뜨니
동 트는 아침

맑은 아침
차디찬 산책길에
숲속에서 잠자던 밤 내음이
일어나 피어오르는 안개에 묻히고

가슴으로 스미는

새벽 아침의 찬바람은
오리털 잠바와 벙어리 털장갑
방울 달린 빵떡모자가 따뜻하게 감싸 안는다

낙엽이 내린
산책길 공원 숲 속에
단풍나무 가지 사이로
늦게 물든 어린 새 단풍이 보이고

가을 내린 숲 속에
또다른 새파란 풀들이
싸늘한 추위 속에 고개 숙이며
마지막 잎새를 깨우며 아침을 맞는다

이른 새벽 숲 속에
아침 안개 사라지자
따뜻한 햇살이 내려오면
멋진 하루가 다시 시작된다

또 그 자리

2020. 12. 03

싸늘함이
옷깃을 스미는 아침

초겨울 날씨는
영하의 추위와 함께
또 한번 다가온 시험날처럼

오늘 하루는
몸과 마음이 모두 다
움츠러들고 떨리는 시간

맑고 파란 하늘의 햇살이
추위를 뚫고 온기를 전한다

그동안 돌고 또 돌아
다시 그 자리에 서서
뒤돌아보고 또 돌아보아도

늘 그 자리에서
항상 맴돌다 다시 또 그 자리에서

언젠가 다시 이 자리에 오면
지금과 같은 이 느낌일까?

세상은 모두 대로이고
지나간 세월들도 그대로인데
나의 생각이 변하고 있을 뿐이리라

어느 날 아련히 그리워하는 것들을
고이고이 담은 채 눈을 감으면

시간이 흐르고
세월은 한없이 흘러도
그곳 그 자리에 밤은 익어 가리니

매형

2020. 12. 05

주말 아침이라
쌀쌀한 초겨울 날씨가
차디찬 계곡을 따라 흐르고

산여울 지는
개울가 얼음 아래로부터
흐르는 물소리 들린다

굽이쳐 돌아가다
산굽이마다 내려 앉는
산골에 아침 안개 피어 오르고

산등성이 사이로
갈떡나무에 걸린 아침 해
개울가 시골길로 내려옵니다

내가 목 디스크로
수술 받아 입원 했을 때

당신도 노환으로 입원하였었고

내가 재활을 받다가
넘어지며 머리를 다쳐서
또 다시 병원에 입원 했을 때에

당신께서는
입원한 병원에서
영원히 눈을 감고 잠이 드셨습니다

오랜 시간
건강이 회복되지 않아
찾아 뵙지 못하다 이제서야
고향 뒷산에 잠드신 산소에 가는 길

고향에 올 때마다
반갑게 미소 지으시며
반기던 모습 더욱 그리워지고

오랜만에 당신께 인사 드리고
뒤돌아서는 마음 한결 가벼워집니다

힘찬 하루

2020. 12. 09

아침에 눈을 뜨면
가슴속으로부터 뜨거운 심장이
솟구치는 소리가 들립니다

하루가 시작되고
아침이 설레어지는 것은
오늘을 행복한 영혼의 삶으로
설계한 시간을 보낼 수 있기 때문입니다

오늘 주어진 시간
가슴속에 끓어오르는
뜨거운 마음을 가득이 담아
따뜻하고 포근한 하루를 보내려 합니다

하루의 해가
서편 하늘로 넘어갈 때
서산에 걸터앉은 붉은 노을이
눈속으로 들어와 살며시 속삭입니다

어둠이 드리워져
지평선에 발돋움하여
아무리 두리번거려보아도
땅거미는 밀려와 하루가 지나갑니다

어두운 밤하늘에
여러 곳에서 비추어지는
별빛과 조각달이 홀로 빛나고
미칠 수 없는 머리속의 깊은 곳에서
흙이 삶을 짓는 소리가 울려 퍼집니다

울림이 메아리 되어
그 속삭임을 따라 어둠을 타고
지평선의 땅거미 그림자를 따라
멀고도 먼 하늘의 밖으로 나서려 합니다

그곳은
별님과 달님이
먼 하늘의 밖에서 살고 있는 곳
흙으로 반죽한 영혼이 살아가려 합니다

마음을 흔들고
속삭임이 메아리 되어

찾아가 만나고 싶어하는 곳은
처음과 끝이 서로 같아 영혼의 삶이
담겨지는 곳

오늘을 보내며
하루 속에 들어앉아
부딪히는 시간의 소리를 들으며
활화산같이 아름다운 영혼을 태우는 시간입니다

마지막 잎새

2020. 12. 12

12월 중순
나뭇가지 사이로
파란하늘이 쏟아져 내리고

겨울 바람이
하늘이 걸터앉은
나무가지 사이로 비집고 들어오는데

꽃들이 피고 지고
탐스럽던 열매가 매달렸던
나뭇가지에 마지막 잎새가 힘겹게 달려있네

푸르던 잎새들이
모두가 떨어진 그곳엔
철새들이 남기고간 새집만이 외로운데

하늘이 앉은
나뭇가지 사이로

지나치던 새털구름이 다가와 앉는다

다가오던 바람이
새털구름 사이로 들어오다
마지막 남은 잎새에 다리가 걸려 넘어지고

바람에 부딪히며
바닥으로 떨어진 마지막 잎새는
따뜻한 햇살을 내려 받으며 잠이 듭니다

마지막 잎새는
지난 계절동안
늘 푸르던 나뭇잎으로
나뭇가지에서 건강한 삶으로
사랑과 정성이 가득 담긴 영양분을
끊임없이 나누어 준 나무 뿌리에게 이불이 되려 합니다

마지막 잎새는

성탄절

2020. 12. 25

크리스마스
성탄절 하루가 시작됩니다

오늘 아침도 하루의 시작을 알리며
밝고 맑은 새벽 바람을 타고
굽고 넓은 어깨 등살에 얹혀서
골목길을 따라 돌아 돌아 달려옵니다

화사하고 따뜻함으로 물든 햇살은
아침 새벽 바람이 잠을 깨운 침실에
창문 유리창을 뚫고 포근하게 내립니다

살며시 스며들어
고요 속으로 옷깃을 여민
햇살의 따뜻함이 가득히 채운
나의 침실엔 편안한 시간이 메워집니다

햇살의 달콤함으로

달달한 마음을 진정시키며
상쾌한 기분으로 하루를 보내려 합니다

아침 바람이 새벽 내음을 실어와
상큼함으로 가득 채워진
나의 마음엔 사랑이 가득 담겨지고

새벽 아침에 상쾌한 공기를
가득히 싣고 달려왔던 골목길을 따라
오늘은 행복한 시간에 묻히려 산책을 하렵니다

산책길을 따라
햇살이 내리는 숲길에
푸르게 솟아나는 풀잎의 새싹
초겨울의 영하의 날씨에도 환하게 웃으며
반겨줍니다

메리 크리스마스!

지나간 향기는 그리움으로 남고

2020. 12. 28

그대를 만나서
그대의 숨결을 들으면서
살아갈 수 있는 시간이 있었기에
그대의 믿음과 진정성이 미래를 담보했다

그대의 관심과
가득이 담긴 사랑이
내 가슴속에 진심 어린 믿음이 되어
열정으로 살아갈 수 있는 시간을 소비했다

그대가 떠나고
떠나고 없는 빈자리에
아직 난 그대가 남긴 발자국을
이 겨울이 다 가도록 그리워해야 하는지

그대가 내 옆에
내 곁에 머물던 그대와의
그 진솔했던 시간들을 생각하며

지나간 날들을 회상하며 살아야 하는지

그대가 그리워지기에
꽃피는 봄날 꽃향기에 감싸 안겨도
뜨거운 여름날 햇빛을 가려주는 가로수 그늘 아래에서도
낙엽지는 가을날 떨어지는 단풍잎을 밟으면서도
나는 내내 긴 시간동안 외로워했다

그대가 생각하는
그대 몫의 파도를 따라
밀려오고 밀려가는 물결에 묻혀
파도 속 작은 물방울이 되어 피어오른다 해도

그대의 모습이
파도 속에 일렁이며
수평선 너머 사라져 간 뒤에도
하늘을 올려다보며 나는 눈물을 감추리라

그대가 언젠가
나에게 다가와 손을 잡으려
새털구름 같이 포근하게 다가온다 해도
그 시간이 지나고 나면 돌아서서 몰래 아파하리라

그대를 그리워함을
그대가 눈치채지 못해
나도 그대에게 다가서지 못하는
어쩌지 못한 나의 그리움 때문에 슬프리라

그대가 떠나고 난 뒤
봄 여름 가을 다 지나고 겨울이 와도
그대와 같이 내 곁에 머물던 지나간 날들이
내 마음속에서 떠나지 않는 한 빈자리로 남는다

언젠가 그대가 다시 돌아와
내 손을 또다시 잡아준다면
그리움도 외로움도 슬픔도 사라질 수 있겠지

Part 4

그저
아름다운 사랑이고
싶습니다

2021. 01. 01 ~ 2021. 06. 12

송구영신

2021. 01. 01

경자년의 마지막 하루
아쉬움으로 떠오른 태양이
서서히 서쪽 하늘 아래 산 너머로 잠길 즈음
어둠의 눈꺼풀이 내려와 세상은 밤으로 덮입니다

한 해를 보내면서 힘듦과 지침 그리고 기쁨과 행복을
회상하는 추억의 한 페이지로 간직하시지요

새해가 기다리는 내일을 향해 달려가는
거리의 자동차와 가로수 불빛들을 바라보며
모든 사람들은 마음 속에 아쉬움을 남깁니다

하루의 밤이 익어가고
흐르는 강물의 물결을 비추는
강 너머 하늘에 걸려있는 둥근달은
나의 눈속으로 들어와 눈물 짓게 만듭니다

모두에게 힘든 날들

나에게도 힘들었던 지난날들이
어둠속에 잠겨 사라지기를 바라며
진한 아쉬움 속에 한 해를 보냅니다

새해 아침 햇살을 가득 담은 붉은 태양이
밝고 따뜻함으로 꿈과 희망을 싣고
힘차게 다가옵니다

모든 이들에게
행운과 건강한 삶을
즐거운 인생과 소망하는 값진 행복을
사랑을 가득이 담아 축복을 함께 내려 주시기를

새해가 또 한번

2021. 01. 02

새해 첫날
어둠이 걷히고
새로운 날에 떠오르는
햇빛이 따뜻하다

아침이 밝으며
동산에 걸터앉아서
인사를 하며 부끄러움에
얼굴이 붉게 물든다

새해 첫날
동트는 새벽녘
싸늘한 겨울 아침을
햇살이 감싸 안는다

동녘 하늘이
빠알갛게 여울지며 밝아오는
해돋이의 감흥이 가슴에 저민다

붉은 햇살이
바라다보는 눈속으로
따뜻하게 스미며 다가와
환희에 젖는다

온누리에 내리는
첫해의 따뜻한 햇살은
여린 가슴속 깊은 곳으로
들어오며 웃는다

매년 지나가다
또다시 내리는 햇살은
마음에 피어오르는 감동으로
눈시울이 붉게 물들인다

지나간 추억은 삶의 흔적으로

2021. 01. 03

지나간 시간이 젊음을 삼켜버린다
지나온 삶의 흔적들을
인생이란 책갈피 속에 채우며
세월은 사라지려 떠나가 버린다

지나간 추억들이
먼 옛날 젊음을 회상하며
마음에 굴레에 다시금 들어오면
그리움이 아릿하게 서글픔으로 남는다

추억을 그리다가
지나가버린 시간들이
그리움으로 가슴속에 남아
흔들리는 눈 속으로 들어와 앉는다

지나간 그리움들이
하루를 비추던 밝은 태양이
서산을 넘듯 추억들이 사라지고 나면

너무나 보고 싶던 친구들의 얼굴들도
하나 둘 사라져 간다

지나온 세월 동안
잠시도 멈출 수 없어서
아니 멈출 수 없을 것만 같아서
그렇게 숨이 차도록 바쁘게 살아 왔는데

지금 이 시간
아니 어느 날 갑자기
시간이 지나가는 줄도 모르고
황혼의 빛으로 물든 시간이 되어
찾아온 것이 너무나도 안타까울 뿐이다

흘러가는 시간들로
세월이 흐르는 바람에 휘감겨
온 몸으로 부딪히며 살아왔는데
이제 끝이 보이기 시작한다

지금까지 인생을
열심히 살아오는 동안
휘몰아치던 역경의 소용돌이 속을
필사적으로 허우적거리며

힘겨웁게 빠져나와야 했던
그 버거웠던 열정들을 내려놓는다

인생이란 그리 살다 보면
순식간에 지나쳐버리는 것
너무나 빠르게 사라져버리는 것

이제 남은 인생에
애착이 이리도 많이도 남아
그 세월을 그 시간에 맡겨 보리라

서산 노을 속으로

2021. 01. 16

산마루에 해 뜨면
따뜻하게 비추는 햇살로
흥미로운 일상의 하루가 다가온다

맑은 하늘 파랗게 열리면
다가와 앉는 하루가
풍요로운 삶 속으로 들어가 녹아내린다

그리움이 밀려오면
어느 누군가를 기다리다
하루 종일 햇살이 내리는 날은
오지 않는 애타는 안타까움에 목마르다

가슴속에 끓어오르는
그리움들이 온 몸에 흘러내려
가득이 넘쳐 그대에게 떠내려가고 싶다

외로움이 밀려오면

어느 누군가를 생각하다
하루 종일 이슬비가 내리는 날은
볼 수 없는 사랑의 아픔으로 목마르다

보고픔의 갈증으로
그리움들이 구름처럼 밀려와
가득이 넘쳐 내 마음에 쏟아 놓는다

사랑이 다가오면
어는 누군가를 사랑하기에
하루 종일 함박눈이 내리는 날은
온 몸에 내리는 눈을 다 맞으며 기다리리다

산마루에 해지면
서산에 걸터앉은 노을빛에
나에게 다가온 그리움과 외로움들을
사랑하는 그대에게 모두 보내고 잠들고 싶다

그곳으로 가고 싶다 2

2021. 01. 18

밤을 지새우고
어둠 걷히고 새벽이 되면
아침 안개가 산기슭을 따라서
산마루 동트는 계곡에 피어오르고

저 먼산 나무가지에
햇살이 걸쳐 비추고
해여울이 붉게 물드는 아침에
맑고 투명한 산야가 앉아서
깊고 깊은 산기슭에
피어오르는 산 안개 먹으며

계곡 숲길을 따라
아침 안개 지나치다
숲 속 나뭇가지에 맺힌
아침이슬이 햇살에 투영되며 반기는 곳

동트는 아침이 되면

깨끗한 맑은 물이 흐르고
해 뜨면 햇살이 따뜻하게 내리는
깊은 숲이 숨 쉬는 그곳으로 가고 싶다

어느 날 문득
그곳으로 가보고 싶었지만
밤새도록 눈발이 펑펑 내려
시골길은 더이상 허락하지를 않았다

오늘은 하늘도
맨 처음인 듯 열리는 날
오늘 아침 헹구어 낸 햇살이 되어
난 진정으로 그곳으로 가고 싶다

그대 눈가에
오랜만에 빛이 들거든
어둠 속에서 오래 기다리던
내가 늘상 가슴에 그리던 그리움이어라

사랑에 풍덩 빠져버린 사람보다
더 행복한 사람은 오랜 그리움을
한가득 싣고 가슴을 태우는 사람이려나

진정으로 내가
그대를 생각하는 만큼
새 날이 밝아오고 사는 날까지
이 세상이 아름다워질 수 있다면 좋으련만

진정으로 그대와 내가 하나되어
우리라고 이름으로 부를 수 있는
그날이 다시 나에게 온다고 하면 좋으련만

봄이 올 때까지는
저 들녘에 쌓인 하얀 눈들이
우리를 덮어줄 따뜻한 이불이라면 좋으련만

사랑이란 것
또 다른 길을 찾아서
거리를 두리번거리지 않고
그리고 혼자서는 절대 가지 않는 그곳

어느 날 문득
또 다시 생각나는 곳
맑은 산내음 피어오르는
나는 진정 그곳으로 가고 싶네

눈 내리는 주말

평온함이 감도는
주말아침 창가에 부딪히는
포근한 눈들이 노크를 합니다

창문 밖에서 반기는 눈들의 아우성
눈인사를 건네니
나의 눈 속에 들어와 따뜻하게 안깁니다

눈이 내린 시외 외곽 외딴 산야
눈 덮인 카페 안에는 빵이 익어갑니다

아늑한 창가에 앉아
빵 내음 가득 입안을 적시며
시원한 아이스 아메리카노가
마음을 뻥 뚫어주는 행복한 시간입니다

마음까지 하이얗게 맹글어지는 눈오는 날
이것만으로도 즐거운 주말입니다

저녁 노을

2021. 02. 13

하루가 지나간다
흐르는 시간은 소리 없이
서산에 지는 해 나를 바라본다

기분 좋은 하루
몽실몽실한 따뜻한 바람이 불어오고

내 여민 옷깃을 스쳐 지나가며 스며드는
저녁 노을의 향기

바람 속에 묻힌 노을빛이
가로수 나뭇가지에 내려앉는 소리

희망을 전하는 달콤한 속삭임들이
하늘을 향해 날아오른다

오늘을 보내며
내일을 기다리는 꿈은

나뭇가지 사이로부터 다가오고

서산으로 지는 해가
붉은 노을 빛으로 물들어
가슴을 벅차오르게 한다

지난 날 많은 시간
미친듯이 살아왔던 날들이
저녁 해 지듯이 저무는 시간 속에
편안함으로 조용히 제자리 찾아가고

지난날 마음은 추억으로 다가와
마음에 아름다운 강물로 흐르고 있다

지금 내 마음에
한없이 맑고 깨끗한 영혼을
가득이 담은 기분 한없이 설렌다

오늘을 보내며
내일을 기다리는 꿈들이
저녁 노을을 마시며 세월을 먹는다

기분 좋은 바람이 불어온다

지나간 세월은

2021. 02. 20

그리웁다고
그 그리움을 생각하다 보면
더 그리워지는 것이 마음입니다

애절하게 전해오는
그리움들이 가슴속으로 들어와
에일 듯 아파하는 마음을 쓸어안으며
생각하는 시간이 쓸쓸함으로 가득합니다

그리움의 시간으로
허전한 마음을 가득 안고
외로워하는 나그네의 뒷모습에
그저 아련한 슬픈 미소만이 피어납니다

가슴속 어느 한 켠에
숨겨둔 아픈 상처로 남아
늘 그리움에 배고파 지칠 때면
다시금 생각나서 보고픔에 눈물짓습니다

그리워 그리워한들
다시 올 수 없는 당신이기에
허전하고 쓸쓸한 마음만 가득할 뿐
아쉬운 마음에 깊은 한숨만 내쉽니다

보고파 하여도 오지 않을 사람이기에
보고파한들 마음 뿐이기에
무엇 하나 드릴 것이 없습니다

지나간 시간 그 지나쳐온 세월 동안
바쁜 일상에 묻혀 잊힌 그리움들이
이제서야 새록새록 피어오르고 있습니다

이제부터 내 그리움속에 들어와 앉은
당신이 있어서 고마운 마음 뿐입니다

그저 생각하는 마음과
느낌만으로도 만날 수가 있어
그대를 사랑하고 그리워하는 마음이
늘 행복이라 여기며 살아가도록 하겠습니다

내 마음속에 가득이 들어 앉은 당신이 있어
날마다 삶이 향기롭고

매 순간순간마다 새로운 마음이 피어오릅니다

지금은 먼 곳에 가고 없는
돌아올 수 없는 현실의 벽 앞에
보고파도 서로에게 다가갈 수 없음이
무한한 아픔과 서러움을 가져다 주지만

이런 그리움 하나 품고 사는 것도
아름다운 숙명이려니 받아들이고
오늘처럼 내일도 당신을 맘껏 그리워하겠습니다

전달하지 못하는 그리움을
미약한 글로 적는 지금 이 순간도 그립습니다
서로에게 기쁨이 되는
감사하고 고마운 인연으로 살아가려 합니다

잊어버리고 살았던
당신의 존재를 소중히 여겨 살아가는 동안 그리워하면서
그저 아름다운 사랑으로 남고자 합니다

당신을 내 마음속에 가득 담고
지나가버린 시간 아련한 추억을 떠올리는
미소를 짓는 이 순간에도 당신이 그립습니다

귀여섬

양수리를 감싸 안으며
북한강과 남한강으로부터
흘러내려 잠시나마 쉬어 가는 곳

기나긴 겨울 시간 영하의 차가운 날씨가
흐르는 강물을 포근하게 감싸기 위해
하얀 얼음 이불로 포근하게 덮어주었나 보다

긴 겨울의 계절이 이제 시간의 공백을 메우고
따뜻하게 내리는 햇살의 기운으로
겨우내 흐르던 강물은 얼음 이불을 걷고

지나가던 바람이
얼음 위로 살며시 드러나는 강물에 내려 앉으며
부드럽게 속살을 훑으려 하네

바람이 강물에 다가서며 눈웃음 지으며 손 내미니
강물은 반가움과 기쁨에

215

물결 일렁이며 하얀 미소 보이고

아직은 얼음 이불을
걷어내지 못한 강가 주변의 얼음 사이로
오리 떼들이 출렁거리는 물결에 춤추고
산책길 옆 억새풀들은 사각사각 노래 부른다

바람은 강물과 만나
흐르는 물결에 향기를 담아
흔들리는 버드나무 가지 사이로 내려와
걸어가는 나그네의 가슴에 남기고 가네

산책길 옆 숲속으로
따스한 햇살이 내려앉은
낙엽이 쌓인 검불 안 땅속에는
스멀스멀 봄 아지랑이가 피어오르고
숲 속을 걸어가는 나그네의 어깨 위에 봄이 내린다

떠나려는 하루

2021. 03. 10

땅거미가 내린
어둠이 가득한 대지에
그윽한 밤 안개를 품은 새벽녘
밀려가는 지난 밤의 흔적을 지우며
깨끗하고 청아한 아침 향기가 다가와 앉는다

이른 아침 먼동이 산기슭 먼 길을 따라 내려와
붉게 여울지며 물드는 동녘 하늘
솟아오르던 태양은 하늘 속에 잠긴다

하늘에서 뽀얗게 내리는
따뜻한 햇살이 맑디맑은 빛으로
온누리를 한낮 동안 헤매이다
바람과 동행하며 떠돌다
갈 곳 잃어 지나치던 뭉게구름 위에
햇살이 내려오다 걸터앉아 잠시 쉬어간다

동구 밖에서 뛰어 놀던

바둑이와 멍멍이가
햇살이 하늘 구름 속에 걸터앉았다가
사라진 하늘 바라보며 우짖는다

아침이슬 내린 시골 외딴 흙길을 따라
아침밥을 지으려 물 길어오는 시골길의 아낙네

솔나무 오솔길
걸어가는 걸음걸음마다 옷깃 치마폭 적시며 지나간 자리
아침 햇살에 몽실몽실 아지랑이 피어오르고

서산으로 해 기울어지면
길게 드리워진 햇살 바라보던
나그네는 지친 걸음을 멈춰 서고

하루 해가 서산 너머
붉은 노을 그리다 잠기면
어둠은 빛 잃은 산그림자 데리고
버덩마을 가로지르며 땅거미 말아든다

어둠 내린 시골집엔
아궁이에 장작불 타는 소리
나그네도 이제 하루의 고단함을 내려놓네

당신과 함께라면

2021. 03. 14

어디선가 불어오는 훈풍에
봄바람 소리가 들려오고

남서풍일까
아니면 남동풍일까?
포근하고 따뜻한 바람이어라

다가오는 풋풋함으로
산허리를 돌아 감싸안으며
봄날 봄내음이 내려와 앉으나니

유리문 사이로
촉촉하게 젖은 모습으로
한참이나 가쁜 숨을 몰아쉬며
그리움으로 가득한 눈망울로 바라보네

흘러내린 땀방울에
젖은 머리를 쓸어 올려주며

봄바람처럼 다가와 입맞춤하는
이른 아침에 당신 같은 사람

불어오는 포근한
부드러운 봄바람을 맞으며
산책길 벤치에 당신과 마주앉아

모카 향기 나는
커피잔을 사이에 두고
같은 곳을 바라보는 시간이리니

부드러운 당신에 미소로
봄날 하루를 시작하면
풍요로움으로 가슴 가득 넘쳐나고

메마른 잔디밭에
떨어지는 단비 봄비처럼
목마름도 해소되리라

당신과 함께 하는 시간이라면

시간은 흐르다

2021. 03. 16

사랑을 하기에
사랑하는 사람을 좋아하고
그 사람과의 만남을 그리워하리

그리움을 마음속
고이 간직한 작은 책갈피에다
아련하게 품어 소중히 끼워 놓았네

어느 날 불현듯 다가와
가슴으로 전해오는 떨리는 심장
메아리 치는 사랑의 소리가 들리시나요

마음으로 담아 보내온
사랑이 담긴 사랑의 소리를
마음속 깊은 곳에 고이고이 간직하리라

기다리는 마음으로
커다란 멋진 머그잔에 담긴

커피향처럼 향기로움을 그리워하네

우리의 사랑이
언제인가 끝나게 될지
아직 모르는 지금 이 여정의 길에
서로 이야기 나눌 수 있어서 좋구려

좋아하는 사람과
말과 말이 통하고 생각이 같아서
바라보는 눈빛들이 모두 하나가 되는 시간

아직은 빗물에 젖어
마르지 않아 녹슬어가는 인생이라도
사랑받는 축복으로 좋아하는 사람들과 함께 하리라

사랑하는 사람을 좋아하고
좋아하는 사람과의 만남을 그리워하는 가운데
감미로운 음악처럼 오늘 하루가 흐르네

봄날에 묻히다

바람이 산들산들
흘러가는 물결이 일렁이며
수변에 늘어진 버드나무 잎이 춤을 추네

나뭇가지 가지마다
물오름이 푸르름을 더하여
터져 나오는 잎새들이 아우성이다

햇빛은 다정다감하게
세상에 나오는 나뭇잎새들을
따뜻한 색채로 감싸 안으며 반기고

맑고 푸르른 하늘
흘러가는 하얀 뭉게구름도
따뜻한 봄바람에 낮잠을 자는 시간

봄날의 따뜻함이
창문 사이로 비집고 들어와

햇살 비추는 창가에는 봄꽃이 핀다

아침이 열리고
봄이 햇살에 무르익어
하루가 봄 기운에 시간을 태우는데

시간은 또 흐르지만
나그네의 가슴에 세월은 묻혀
오늘도 평온한 하루를 삭히는구나

산들 바람이 내리는 날
봄날은 따뜻한 햇살을 먹고
강물은 시간을 품고 흐른다

실개천의 봄날

봄비가 지나간 뒤
매화꽃이 뜰 앞 화단에서 활짝 웃고
한적한 산책길 걸음걸음마다
봄 내음을 담은 맑은 바람이 불어온다

갓 피어나는 노오란 개나리꽃이
가슴에 살며시 들어와 한들거리고
둑방길 방둑에는 파아란 예쁜 새싹들 사이에
고개 내민 쑥잎이 환하게 웃는다

방둑 아래 숲 속 금방이라도 터질 듯한 꽃망울
산수유 매화 진달래 철쭉 벗나무 햇살에 익어가고

어제 내린 봄비로
물살 빨라진 실개천이 소리 내어 흐르고
햇살 내린 물결 위로 물오리가 춤을 추네

봄바람이 살랑살랑

매화꽃 피어나는 향기를 마음속에 담아보자

그 마음을 모아서
비가 내린 후 무지개 뜨면
실개천 흘러 내리는 맑은 물에
사랑이 가득 담긴 종이배에 띄워 보내리라

봄이 오는 소리를
그 누군가가 기다리다가
사랑의 종이배를 받아본다면 기뻐하리라

봄꽃이 피는 봄날에 지지배배 울어주는 파랑새
봄날의 행복을 그렇게 지저귀는지

그 많은 시간이 흘러도
내 마음을 알려주지 않았기에
그와 함께 봄날 시간 속으로 달려가나 보다

봄내음을 가득 담은 파아란 하늘
그대와 지금 이 시간을 함께 한다면
봄바람에 두둥실 나는 기분이겠지

봄날 풍경소리

2021. 03. 23

억새풀 사이로
스미는 꽃샘 추위가
강바람을 머금고 언덕을 넘으며

하얀 물보라에 놀라
물오리 떼 꼬리를 흔들며
곤두박질 치며 물속으로 숨는다

일렁이는 물결을 따라
하얀 물안개 피어오르다
봄날 햇살을 먹으며 사라진다

먼 산 넘어서 강변을 따라
힘겹게 거슬러 오르며 불어오는
강바람이 버드나무 가지에 앉는다

뽀얀 먼지를 일으키며
성난 자동차가 사라지자

지켜보던 강바람이 뒤따라가고

흐르는 강물을 따라
내려오는 햇살들의 속삭임은
갈대 숲 속으로 들어가 수다를 떤다

강변에 서서 서성이다
지나치던 봄바람에 춤을 추던
수양버들 가지가지마다 푸르름이 더한다

방둑 위 길가에서
고독을 즐기는 벤치의자
봄물이 나뭇가지로 기어오르며
반기며 웃는 소리에 외로움을 달래는구나

가끔씩 당신 생각날 때
어린 잎새들 태어나는 이 자연을
바라보며 가끔 바람부는 쪽으로 귀 기울여 본다

내 작은 마음에 영혼이
평온한 삶속에서 숨쉬며 살아갈 때
그곳 그 옆을 스쳐 지나치며 설마라도
봄 나뭇가지 흔드는 바람이라고 생각하지는 마

나뭇잎 돋아 꽃이 피면
꽃잎 되어서 날아가 버릴지도 몰라

참을 수 없도록
아득하고 헛된 일이지만
세상에 힘든 일들을 피곤해 하지는 말기를

저 멀리서 고요하게
소리 없이 다가와서 전해주는
말 없이 속삭여주는 바람의 말들을

봄비 내리는 시간

2021. 03. 28

비 내리는 봄날
동이 트는 아침 산책길에
봄이 오는 소리가 내리는 봄비에 젖어

산책길 옆 숲 속으로
억새풀 더미 밑으로 보이는
파아란 새싹들이 젖은 봄비를 먹는다

빗물이 수풀속으로
흘러 들어와 웅덩이에 담기다
공원 숲 속에 작은 호수 되어 흐르면

고수부지 강변으로
벚꽃나무 가로수길에는
옥수수 같은 팝콘이 팡팡팡 터진다

숲길을 걸어가는
나그네의 발걸음 걸음마다

봄바람에 하이얀 벚꽃잎이 떨어지고

푸르른 새싹들이
개나리꽃 피어난 넝쿨 속으로
들어오는 싱그러운 봄바람에 춤출 때

산책하던 나그네
발걸음이 덩실 더덩실
한 걸음씩 걸을 때마다 팝콘은 팡팡

봄바람이 하늘하늘
가로수 벚꽃잎도 한들한들
봄비 내린 길을 저벅저벅 걸어간다

황사

2021. 03. 29

햇살이 숨은 하늘
하늘엔 구름 한 점 없는데
해님은 어디에서 술래잡기를 할까나

희뿌연 연기처럼
자욱하게 잠기는 미세먼지
먼 산이 하늘이고 하늘이 먼 산인 듯

회색빛 하늘이
힘 잃은 햇살을 감싸 안으며
산불연기 품은 안개같이 땅 위로 내린다

도시는 햇살을 잃어
빌딩 숲 사이 어두운 그림자에
갈 곳 잠시 잃어버린 채 길을 떠난다

어디에서 다가와
어디까지 가야 하는지를

아무도 모르는 채 길거리에서 방황하는 자

그대는 미세먼지
어디에서 떠나 오시다가
정착할 곳도 없이 길을 잃으셨는지

그대가 가야 할 곳
그곳으로 빨리 가시게나
그대가 여기 머무를 곳이 아니라네

어느 시간 문득
갑자기 다가오는 바람을 타고
지금 소중한 이곳을 떠나가시게나

늘 맑고도 밝은
파아란 하늘에서 내리는
포근하고 따뜻한 햇살
나그네가 소망하고 바라는 날씨라네

꽃잎 품은 봄

2021. 04. 03

푸르른 나뭇잎들이
앞산 뒷산에 더해지고
녹색으로 입혀지는 나뭇잎 사이로
발그스레 수줍은 듯 분홍빛 산꽃이 핀다

봄이 내리는 동산에
물이 오른 연초록의 물결이
계곡으로 흐르다 계곡물 소리에 놀라
잠시 멈추자 또 다른 산벚꽃이 인사를 하네

하늘을 맴돌던 소쩍새
아름다운 산야에 피는 꽃과
매일 푸르름으로 덧칠하는 풍경들에
가던 길 멈추고 갈 곳을 잃어 서성이는구나

봄바람 부는 언덕길을 넘어 오솔길 따라
따뜻한 햇살을 머금은 봄꽃이 눈에 들어오고
산벚꽃 활짝 핀 산야에는

연분홍빛으로 색칠한 수채화들이
봄날 숲 속을 다양한 색상을 물들인다

봄 향기 가득 담은 봄 내음 실은 바람
한가롭게 두둥실 떠가는 새털구름
하늘아래 산벚꽃잎들에게 눈웃음 짓는다

활짝 웃는 연초록의 잎새들이
반가움에 깔깔 웃는 모습 시샘하며
봄바람은 산꽃잎들을 데리고 달아난다

이쁜 산꽃잎들은 산속 계곡 사이로 굽이치는
시냇물 속에 떨어져 꽃잎 물결 되어 흐르고
연초록의 나뭇잎들이
부끄러움에 파르르 떨고
피어난 꽃잎을 바라보다
사랑의 눈길을 바람결에 보내는 것은 꽃바람

그 모습 바라보며 지나가는
나그네의 가슴속에
불어오는 바람은 봄바람이련가

봄비가 내리면

2021. 04. 04

메마른 대지에
봄비가 내리고 나면
마른 풀 사이로 새싹들이 춤추고

봄비가 나뭇가지 부딪혀 흐르며
피어나는 잎새와 교감을 하다가

또다시 숲 속으로
떨어지는 빗방울들은
노오란 민들레꽃 위에 앉는다

내리는 봄비가
잔잔히 흐르는 강물에
다양한 동그라미 물꽃을 피우며

내리는 봄비를
강물은 가슴으로 품어 안고
어디론가 여행을 떠난다

팝콘이 터지듯이
부풀어오르는 벚꽃처럼
솜사탕처럼 달콤한 복사꽃같이
나도 부풀어 오르는 꿈에 젖어 보리라

봄이 성큼 다가와
나뭇가지에 푸른 잎새가
산뜻하게 다시 피어나듯이

나 또한 새로운 시간으로 태어나리라

봄비에 젖은
떡갈나무 가지에서
새롭게 돋아나는 파아란 속잎새같이

꽃잎 향기

2021. 04. 10

지난 주말에는 봄비가 내리더니
이번 주말에는 꽃잎비가 내립니다

그리움을 담은 봄 향기 다가오면
외로움이 담긴 허전한 가슴 한 켠에
따스한 봄 향기 스미는 시간

파아란 하늘에 흘러가는 뭉게구름
그리운 눈빛으로 바라다보는 눈 속에
불어오는 봄바람에 떨어지는 꽃잎을 담고
어느 날 또다시 내게 다가온 봄날에

그리움 가득히 피어오르는 꽃잎 향기

허전한 가슴속 한 켠에
그 향기 오래도록 간직하렵니다

당신 떠나가신 길

2021. 04. 12

당신이 떠나가신 길
내가 지금 걸어갑니다

항상 따뜻하게
나를 감싸 안으며 걸었던
그 길을 내가 걷고 있습니다

당신이 보고파
불현듯 찾아간 어느 날

당신은 늘
언제나 찾아오리라는
그리움으로 기다리시다가

보고 싶어 찾아온
나에게 당신께서 따라주신
맥주 한 잔이 생각납니다

차디찬 겨울날
눈 내리는 추운 날씨
나에겐 감기 기운이 있던 터라

내가 좋아하는
맥주 한 잔 주시기 위해
따뜻한 곳에 긴 시간 간직하다

풍성한 거품이
가득 넘치듯 따라주신
맥주 한 잔을 잊을 수가 없습니다

당신이 건네주신
맥주 한 잔을 마시고 나서
거품 묻은 빈 잔을 바라다보다

빈 술잔에
떨어지는 눈물 한 방울
당신은 기억을 하시는지요?

그동안 당신이
걸어가셨을 그 길을
지금 내가 다시 걸어가렵니다

이제서야 당신이
그리 가슴을 조이며
아리하게 아파하며 걸어가신

그 길을 걸어보니
가슴이 먹먹해져 옵니다

당신이 걷던 길
그 발자취를 더듬어
그리움을 찾아가겠습니다

지나간 그 길에서
당신과의 기억과 추억들을
되돌아보며 생각하는 시간을 가지겠습니다

지금 그곳

봄 꽃잎이 떨어진
당신 떠나가신 그 길을 걸어가는
나그네의 어깨 위로 봄비가 내립니다

노을을 바라보며

2021. 04. 21

한낮의 햇살이
한강 교각을 넘어서
남산타워에 걸터앉아 있을 즈음

한강대교 아래로
숨죽여 흐르는 강물 속에
흘러가던 새털구름이 숨는다
하루가 저물어
해가 서산으로 넘어가다
교각에 기댄 노을이 쉬어갈 때

강물에 비춰지는
반짝이는 선홍빛 햇살들이
교각 아래 한강변 벤치에 편히 앉아서
흘러가는 강물 위로
밤잠을 청하려 지나가려는
봄바람이 노을빛 물결에 춤을 춥니다

한강변 산책 숲길
늘어진 수양버드나무 가지에
초록의 잎새 사이로 노을이 스며들고
노을 진 저녁나절
바쁜 하루를 보낸
나그네 어깨 위로 어둠이 내립니다

추억 속을 거닐다

2021. 05. 01

지난 추억들과 지나간 시간들을 다시 뒤돌아보며
오랜 그리움을 해 본 사람들은 알 수 있습니다

겨울이 지나가고 봄이 다시 찾아온 지금
봄이 가기 전에 새로운 추억을 만들어야겠습니다

추억 속에 들어가면 추억의 책갈피 속에 묻어나오는
지나간 사람들을 잊을 수 없습니다

추억 속의 사람 하나 다시금 그리워하는 일들이
그 얼마나 마음 아파해야 하는 그리움인지를

봄이 내린 강변에 앉아 반짝이는 가로수 잎새 사이로
스쳐 지나가는 바람이 가슴으로 애잔하게 스며듭니다

지나간 시간들을 뒤돌아서서 생각해보면
쓸쓸한 삶의 길섶에서 그리움으로 피어납니다

봄꽃으로 피어오른 작은 눈망울 속으로 보이는
그리움은 어느새 하얀 나비 되어 날아갑니다

지나간 그리움들은
다시 그자리 추억 속에 남기고
이제 새로운 추억에 발자국을 남기겠습니다

이 기억의 잔상들이
가슴을 저미는 추억이라 해도
그리움이 슬픔인지 기쁨인지는 알 수가 없습니다

흘러가는 강물 속에 그리움을 싣고 흐르더라도
그 그리움은 어느 누구에게나 아름답습니다

알 수도 없는 또 다른 그리움 하나
이젠 또다시 추억의 책갈피 속으로 들어갑니다

5월의 들꽃향기

2021. 05. 09

내 귓가를 스치고 지나간 바람이
초록 나뭇가지의 일렁이는 잎새들과 춤춘다

봄바람이 지난주 며칠 동안 머물렀던
황사와 미세먼지들 데리고 사라지자
숲 속에 들려오는 청량한 바람소리
산책길 벤치에 잠시 앉아 귀 기울이는 시간
산새들 지저귀고 뻐꾸기도 먼 곳에서 인사를 하고
나뭇가지에 걸터앉은 청설모가 미소 짓는다

5월 봄이 농익어가면 연산홍과 철쭉꽃이 빛을 잃어가지만
푸르른 숲 속에는 아카시아꽃이 피어나네
고양이가 햇살 받으며 졸고 있는 담장에는
넝쿨장미가 빨간 꽃망울을 터트리고
오솔길 둑방 사이로 하나 둘 피어오르는 들꽃이
바라보는 내 눈 속으로 밀려 들어온다
나뭇가지 사이로 불어오는 봄바람이 들꽃 향기 가득 품고
내 가슴 속에 들어와 앉으려 하네

새벽 길 걷다 보면

2021. 05. 15

아침안개 피어오르다
햇살 내리면 계곡 속으로 숨고
푸르름으로 채색된 수초 사이로
샘물 모여 흐릅니다

숲내음 짙게 배인 아침안개에
촉촉이 젖은 산야의 하루가 열리는 시간
깊고 험한 산비탈을 돌고 돌아
흐르는 계곡물 소리에 가슴이 젖어듭니다

울창한 산야에 우거진 숲으로 이어진
고요하고 평온한 오솔길 걸으려니
바람이 수풀 사이로 들어오며
나뭇잎새와 반갑게 속삭일 때

활짝 핀 아카시아 꽃잎이
숲 속으로 스며드는 바람에
떡갈나무 잎새 위로 하얀 눈꽃을 피우며

오솔길에 하얀 꽃길을 펼쳐주노라

하루가 익어갈 때 숲 속에 스며들던 햇살이
지나가던 구름 속으로 숨어들고
눈꽃이 내린 나뭇잎에
빗방울이 하나 둘 떨어지는 소리
빗방울 사이로 아카시아 꽃잎도 내립니다

깊은 계곡을 따라 오솔길을 걸어가는
나그네 귓가에 계곡물 소리 청아하게 들리고
낙엽 쌓인 숲 속에 먹이 찾는
박새 곤줄박이 직박구리 어치도 지저귑니다

오늘도 길 나선 나그네는
허기진 행복의 먹이를 찾아서
숲 속 오솔길을 따라 걸어갑니다

빗물

2021. 05. 21

어둠 걷히며 찾아온 아침
밤부터 내린 빗소리에 눈을 떠 하루를 시작한다

실개천을 따라 올라오며
빗물 먹은 수초들을 감싸 안고
촉촉히 젖은 옷 걸치며 지나치는
아침 안개가 가장 먼저 눈인사를 건넨다

푸른 잎새에 잠시 쉬어가던
빗방울들도 하나 둘 떨어지자
밤새껏 빗소리에 밤잠을 지새우던
이쁜 들꽃들은 놀라서 울음을 터뜨린다

들꽃이 우는 소리에
바라다보던 비에 젖은 소나무
가지마다 매달린 솔방울들을 흔들며
음악소리에 온몸을 흔들며 춤을 춘다

정원 소나무 솔밭 아래
솔잎 가득히 내려앉은 그곳엔
솔방울들도 옹기종기 모여 앉아서
솔향기 내음을 담은 옛이야기 나누고

밤새 긴 밤을 설쳐
빗소리 들으며 피어오르다
소나무 솔향기 담은 아침 안개는
숲 내음 머금은 채 빗물 속으로 사라지고

솔방울에 걸터앉아 쉬어가는 빗방울
어여쁘게 활짝 핀 들꽃 위로 떨어지려나

골목길 저 밑으로부터
어둠 걷힌 창밖에 물안개 올라와
가로수 길과 정원 소나무 숲을 지운다
솔나무 가지에 솔방울도 문득 밀어낸다

점차 잦아드는 비 내리는 소리
바람에 불려가는 아침 안개

숲길

2021. 06. 04

주말 아침 나선 산책길
숲 속의 나무 향이 새벽녘 이슬을 머금고
촉촉히 물기 젖은 바람 되어 지나간다

나뭇가지 사이로 내려오는 아침 햇살이
반짝반짝 숲 속 나뭇잎에 내려앉아

지나가던 바람이
햇살 먹은 열기 식히려
팔랑팔랑 나뭇잎 흔들며 춤을 춘다

한발 한발 내딛는
나그네 발자국 소리에
푸드득 푸드덕 산새들 날아가네

오솔길 사이로
간헐적으로 스며드는
상쾌한 숲 내음 가슴으로 다가와

산책길 숲 속으로
걸어가던 걸음 잠시나마
숲 속 벤치에 앉아 휴식을 맛보리라

나뭇잎이 산들산들
내려오는 아침 햇살 안으며
푸르른 숲 속에는 숲 내음이 흐른다

때론 지치고 힘들 때
휴식을 취하고 싶을 때에는

소풍을 가듯이
잠시 숲 속으로 들어가
숲 내음에 촉촉하게 젖어보리라

초여음의 수변 풍경

2021. 06. 12

구름이 흐르다 하늘 끝 산자락에 걸리고
푸르른 먼 산이 하늘 밑에 누웠네

구름 숨은 하늘 아래
늘 푸른 산들이 둘러 앉은
긴 구릉으로 편안히 감싸 안은 곳
강 건너 한강변 산책길 벤치에서 바라다보는
눈 속에 가득히 들어오는 아파트촌

남양주 덕소마을 즐비하게 늘어선 아파트
한강변 고가도로가 마을 어귀를 도는 곳

주말 여행객들이 나들이 차량에 몸을 싣고 달리고
고가도로 밑으로 라이딩을 즐기는 사람들

고수부지 한강변에 헤엄치는 청둥오리 떼들이
강변에 흐르는 물속으로 숨바꼭질할 때
고수부지 작은 섬 기러기들

강변 숲 속에 잠시 휴식을 취하다
햇살에 반짝이는 물결 위를 줄지어 날아가고

산책길 옆 들꽃에 하얀나비 한 마리 두 마리
꽃향기에 취해 강 바람에 춤을 춘다

강변 벤치에 앉아 풍경에 푹 빠진 나그네
물결에 비친 햇살이 눈 속에 담긴다

귓가에 들리는 툭! 투둑

둑방 위로 굴러 떨어지는 소리
둑방길에 잘 익은 살구가
산책길에 떨어지며 쩌억 노오란 속살을 보인다

주말 하루의 시간이
평온하고 아늑함을 감싸 안으며
흐르는 한강 물속으로 하나 둘 들어가네

2019. 07. 31 ~ 2021. 06. 12

괜찮다 2

2021년 8월 23일 초판 1쇄 인쇄
2021년 9월 1일 초판 1쇄 발행

지은이 탁승관
펴낸이 김혜라

디자인 최진영
교 정 김서연

펴낸곳 도서출판 상상미디어
주 소 서울시 중구 퇴계로30길 15-8, 5층(필동, 무석빌딩)
전 화 02-313-6571~2
팩 스 02-313-6570
ISBN 978-89-88738-85-6(13810)
값 14,000원